文學與音律

謝雲飛 著　東大圖書公司 印行

ⓒ 文 學 與 音 律

著作人	謝雲飛
發行人	劉仲文
著作財產權人	東大圖書股份有限公司 臺北市復興北路三八六號
發行所	東大圖書股份有限公司 地　址／臺北市復興北路三八六號 郵　撥／〇一〇七一七五——〇號
印刷所	東大圖書股份有限公司
總經銷	三民書局股份有限公司
門市部	復北店／臺北市復興北路三八六號 重南店／臺北市重慶南路一段六十一號
出　版	中華民國六十七年十一月
再　版	中華民國八十三年十二月

編　號　E 81004

基本定價　貳元肆角肆分

行政院新聞局登記證局版臺業字第〇一九七號

文學與音律序

　　同學諸友之中，雲飛兄是專治文字聲韻學的。他在這二十年來，不論教學和研究，都很少脫離這個範圍。因此，他在這方面的教學經驗和專門著作，實在是我們所望塵莫及的。

　　現在他於寫完「中國文字學通論」、「語音學大綱」、「中國聲韻學大綱」等大部頭的學術論著之後，又將出版一本把語音學和文學結合起來的論文集——文學與音律。承他不棄，在出版前就讓我拜讀了集內所收的八篇鴻文，繼又命我替這本集子寫幾句話。雲飛兄是我學問上的畏友，蒙他這樣看得起我，實在令我感激。但他在這方面的成就造詣，在我之上甚遠，他的著作，我何敢贊一辭？何況在南大五年以來，自己所教的課很雜，文字聲韻之學，久已不聞。現在要我爲本書寫讀後的感想，恐怕連外行話都有無從說起之苦。因此，又實在覺得很惶恐。

　　本書所收的八篇論文，主要的是談語言音律和文學音律的問題。雲飛兄把文學的音律，區分爲長短律、輕重律、高低律、音色律、節拍律等五類。在中國文學來說，這些音律的運用，大多跟聲調有關。前賢自發現四聲以來，在文學音律的運用中，是把它分爲平聲跟仄聲（上、去、入）兩類來運用的。平聲音長而高低沒有起伏，仄聲音短而高低又有起伏，各成一類，是很自然的。把詩句中的平仄聲字，間隔調配起來，抑揚頓挫，便極盡音樂和諧之美了。試想前賢先從消極地批評聲病，再到積極地形成律詩的規範，可以說就是前賢由認識到鑽

研四聲的一段心路歷程。

漢語的一個特質是單音節，而書寫起來又是一字一形，所以中國文學，便特別適宜講究對偶和音律。上古時代，詩和音樂，根本就是相合的。禮記樂記說：

> 「詩言其志也，歌詠其聲也，舞動其容也，三者本於心，然後樂器從之。」

正說明了詩、歌、舞的三位一體。樂記又說：

> 「樂者，心之動也。聲者，樂之象也。文采節奏，聲之飾也。」

可知古人早就注重詩歌的音樂節奏，在表情達志之餘，留意到詩歌音節和諧之美了。

後代的詩，雖與音樂、舞蹈慢慢地分家，但詩的朗誦長吟，仍舊需要注意抑揚頓挫的節奏。由此可知，中國文學注重形式技巧，音律和諧，實跟中國語言文字的特性，有密切的關係。

歷史上第一個注重音律的文學家，學者們都首推曹植。慧皎高僧傳十三經師論說：

> 「始有魏陳思王曹植深愛聲律，屬意經音，既通般遮之瑞響；又感魚山之神製，於是刪治瑞應本起，以為學者之宗。」

其後自晉至唐，如陸機、范曄、沈約、劉勰、鍾嶸、王斌、劉滔、劉善經、上官儀、元兢、崔融、李嶠、皎然、王昌齡等文學家，大多有音律之說。只惜年代久遠，現在大都不能得見全豹。只有一鱗半爪，尚在文鏡秘府論中，可以見到。文鏡秘府論是唐代日本和尚遍照金剛

（釋號空海）所編著。他的自序說：

> 「沈侯、劉善之後，王、皎、崔、元之前，盛談四聲，爭吐
> 病犯，黃卷溢篋，緗帙滿車。貧而樂道者，望絕訪寫；童而好學
> 者，取決無由。貧道幼就表舅，頗學藻麗。長入西秦，粗聽餘論。
> 雖然志篤禪默，不屑此事，爰有一多後生，扣閟寂於文圃；撞詞
> 花乎詩圃。音響難默，披卷函杖，卽閱諸家格式等，勘彼異同。
> 卷軸雖多，要樞則少，名異義同，繁穢尤甚。余癖難療，卽事刀
> 筆，削其重複，存其單號。」

遍照金剛的書，一般說來，轉述前賢之論多，發揮一己之見少。但正
因爲他做的工作，是勘比諸家的異同，削其重複，存其單號，所以保
存了很多前賢的論說。像沈約、劉滔、劉善經、元兢、崔融、王昌齡
等諸家之說，本已泯滅，而現在在文鏡祕府論中，得以見之，正好做
爲學者研究魏晉南北朝隋唐之間，文學聲律層層演進，一種最周詳的
材料。

　我所以詳述遍照金剛的文鏡祕府論，實由於雲飛兄「從文鏡祕府
論看平仄律的形成」一文，乃是文學與音律這一本論文集的中心。其
他「語言音律與文學音律的分析研究」「如何從國語音中辨四聲」「韻
文音律的教學問題」等幾篇論文，莫不是環繞這篇論文而形成。因爲
要談中國文學的音律，不能不首推平仄律，要談平仄，不能不談四聲。
漢語的研究，自四聲的發現，至四聲二元化的演進，平仄律的形成，
實在是中國文學音律最大的課題。近人周維德氏，曾依據文鏡祕府論
中講病犯的材料，寫成「試論律體詩的形成」一文，主要說明從沈約
等齊梁學者，對於詩的消極病犯觀察，直到積極規律的創建，終於完
成了唐代的律詩。凡此可見，平仄律的形成，不但對於中國文學的音

律，甚至對中國文學的體裁、中國文學的歷史，都有密切的關係，和深遠的影響。

文學音律講的是理論，而文學作品朗誦和教學講的是實際。本集中「作品朗誦與文學音律」、「韻文音律的教學問題」等二文，就是討論文學音律的理論基礎，和實際的表現。

因爲是以文學的音律爲主，所以雲飛兄討論作品朗誦的時候，特別着重在朗誦的技巧。朗誦的技巧，主要是朗誦者語言的技巧。舉凡如何吐字、發音、語句間歇、輕重、語調、節奏等，都包括在裏面。不過，朗誦者朗誦作品，除了掌握語言的技巧外，似乎應該對於作品，有仔細的分析，這樣才能對作品有深刻的體會，這一點我認爲是很重要的。因爲，朗誦者對於作品有了深刻的體會，才能把作品的思想內容，和作者的感情，很眞摯地傳達給聽衆。朗誦者可說是作者和聽衆的橋樑，他把作品詮釋得愈眞實，也就愈能感動聽衆，引起聽衆對於作品的共鳴。

雲飛兄把朗誦和音律的關係說得很詳細了。最好再能寫一篇作品朗誦和作品分析體會的文章，則對作品朗誦這個主題來說，便十全十美了。

此外，「作品朗誦與文學音律」一文中，提到的作品朗誦，僅有詩歌和散文兩項，而不及小說與戲劇。我想散文當是指廣義的，這樣便包含小說與戲劇了。

依個人看，小說的朗誦，因爲它包含有故事，當然是很有趣味的。而戲劇雖然最適合舞臺的演出，不過若是拿來朗誦，效果恐怕不在小說之下。

戲劇的演出，必須要有演員、場所、佈景等等的配合。在客觀的環境不允許之下，未嘗不可以朗誦來代替演出。當然，戲劇的朗誦還

牽涉到劇中人物的多寡，假如由一人朗誦，容易使聽衆混淆。一人一角如何？似乎接近廣播劇了。這樣說來，廣播劇大可以看作是戲劇朗誦的一種方式了。

總之，劇戲和小說的朗誦，在朗誦的課題中，實在是很值得研究的。

「詞的用韻」一文是專門講詞韻的，雲飛兄從最早的菉斐軒詞林韻釋，一直到近世通用的晚翠軒詞韻（附見清舒夢蘭白香詞譜），都有敍述。

詞韻的標準，跟詩韻比較起來，似乎自由和寬廣得多。四庫提要說：

「唐無詞韻，凡詞韻與詩皆同。唐初回波諸篇，唐末花間一集，可覆按也。其法密於宋，漸有以入代平，以上代平諸例。而二三百年作者如雲，亦無詞韻。間或參以方音，但取歌者順吻，聽者悅耳而已矣。一則去古未遠，方音猶與韻合，故無所出入；一則去古漸遠，知其不合古音，而又諸方各隨其口語，不可定以一格，故無書也。」（中原音韻提要）

據四庫提要撰者的意見，作詞或則隨其口語；或則依照詩韻，不必有專門詞韻的書，也不必硬性規定韻部的。其實，唐人作詞依詩韻，宋人作詞爲何又不依現成的詩韻了呢？可見詩韻與宋代實際的語音必有不同之處，若依詩韻作詞，歌者卽不順吻，聽者卽不悅耳了。如此說來，宋人作詞，雖無韻書，實際上卻是有一定的韻脚的。清代詞韻最多，所做的工作，就是歸納宋人實際的韻脚，所以各家雖有異同，大致卻是差不多的。四庫提要曾批評清人仲恒的詞韻：

「不俗不雅，不古不今，欲以範圍天下之作者，不亦難耶？」

實際是把當時的詞韻都罵在裏面了。依個人看來，四庫提要的話，當然是不對的。作詞若要有一程式，當然要以宋人爲準，這和律詩必以唐人爲準一樣，不必強辯的，因此，在作詞來說，清代的詞韻，自有其實用的價值，不容隨意抹煞的。

「詞的用韻」一文，雲飛兄自謙是純爲初學者而設，卑之無甚高論。但我却覺得導引入門，茲事體大。使得初學者不苦其難，需要深入淺出，明白易曉，這類論文，着實不容易寫。

學詞的人，能够在「詞的用韻」這篇文章中，有了初步的基礎，再讀王了一氏漢語詩律學、王忠林兄中國文學之聲律研究等二書中詞的聲律部分，就自然有循序而進、豁然開通之妙了。

「韻語的選用和欣賞」和「孤兒詩及其他十六首韻語析評」等兩篇論文，都是討論韻語的。韻語在文學的音律中，屬於音色律。韻脚在相當的間隔中，重複出現，形成一種規則，便會引起讀者悅耳的感覺，和情感的共鳴。所以，世界各國的詩歌，無有不重視韻語的。在中國文學的音律來說，由韻語所構成的音色律，和前面所述由聲調所構成的平仄律，也是韻文中兩個最主要的音律。

研究韻語可以有兩個方向，第一個方向是歸納詩歌的韻脚，以擬測當時實際的語音現象。如明代沈謙的詞韻略，是從宋詞的韻脚中，歸納而出的，四庫提要批評說：

「沈謙旣不明此理，強作解事。恆（按：指仲恆）又沿譌踵謬，輾轉彌增。卽以所分者言之，平上去分十四韻，割魂入眞軫，割咍入佳蟹，此諧俗矣；而麻遮仍爲一部，則又從古。三聲旣眞軫一部，侵寢一部，庚梗一部，元阮一部，覃感一部矣；入聲則

質陌錫職緝爲一部，是眞庚青蒸侵又合爲一也，物月曷黠屑葉合爲一部，是文元寒删先覃鹽又合爲一也。不俗不雅，不古不今，欲以範圍天下之作者。不亦難耶？」（見仲恆詞韻提要）

清代仲恆的詞韻，是以沈謙的詞韻略爲底本而撰定的，所以四庫提要對他們二人放在一起，加以嚴厲的批評。實際上沈、仲二家，是依宋詞押韻的現象而編定韻書的，魂跟眞、軫通押，咍跟佳蟹一韻，遮不從麻分出，這都代表當時的語音現象如此。

又如平上去三聲，侵、眞、庚分爲三部，這是表示 -m、-n、-ŋ 三種韻尾，宋人的確能夠分辨清楚。而入聲緝、質、陌合爲一部，這是表示 -p、-t、-k 三種韻尾，宋人已經相混。宋人以當時實際的語音，作爲宋詞押韻的標準，沈、仲二氏以實際的韻語，歸納成爲韻書，都沒有錯，四庫提要批評得聲色俱厲，反而錯了。

沈、仲二氏的韻書，可以說是研究韻語以擬測當時實際語音的一個代表。近人所作各家詩人的用韻考，就是從這一個方向來研究韻語的。先師許詩英（世瑛）先生這一類的論文，就不下數十篇之多，具見許世瑛先生論文集，可見他對這一方向研究的重視。

研究韻語的第二個方向，則是研究韻語所代表的感情。雲飛兄「韻語的選用和欣賞」，就是從韻語中去研究詩人用韻的感情和思緒，他所舉的韻語情感共分八類，當然只是舉隅而不能賅全。而且每一類的韻語，也不能一定表示特定的情感。如蕭、肴、豪的韻語，有逍遙、罵俏等，固然可說含有輕佻、妖嬈的意思（見韻語的選用和欣賞）；而悲號、泣逃等韻語，則反含有哀傷、悲痛之情了（見孤兒詩及其他十六首韻語析評）。但無論如何，作爲研究韻語的一個方向，雲飛兄的說法是很有啓示性的。

最後我要說的是，因爲全書各篇論文都是環繞文學音律這個中心課題而寫的，所以對於音長、音高、音重、音色，以及長短律、輕重律……等等基本名詞的敘述和解釋，不免重複，這是單篇論文成集的一個通病，不獨雲飛兄的書爲然。

讀後的感想寫到此地爲止，起初怕沒有話說，現在看一看，話是說了不少，但仍不能表達我對雲飛兄這本論文集的敬佩於萬一，所以，仍然覺得很惶恐。

民六十七年九月三日應裕康於星洲南洋大學

自　　序

　　這八篇論述都是討論文學音律問題的，從時間上來說，最早的一篇是在民國四十七年寫的，最晚的一篇却到今年才寫成，先後之差，竟有整整的二十年，其時間的先後次序是：

　　韻語的選用和欣賞（民國四十七年「華僑教育」）

　　如何自國語音中辨四聲（五十二年，政大「夜聲」）

　　語言音律與文學音律的分析研究（六十二年「南大學報」）

　　孤兒詩及其他十六首韻語析評（六十五年）

　　從文鏡秘府論中看平仄律的形成（六十六年「潘重規先生七十壽誕論文集」）

　　作品朗誦與文學音律（六十六年「高明先生七十壽誕論文集」）

　　韻文音律的教學問題（六十六年「新加坡華文教師會論文集第四輯」）

　　詞的用韻（六十七年）

　　其中「孤兒詩及其他十六首韻語析評」、「詞的用韻」是新加坡南洋大學研究院的 occasional paper series，沒有正式發表過，其餘的六篇都是在學術性的刊物上發表過的。就因為是在學術性的刊物上發表過的，所以它們都是義務性的著作，沒有一篇是拿過稿費的。二十年的歲月不算短，記得筆者寫本書的第一篇文章時，猶寡人獨處，尚未婚娶，而今整理這八篇文章要出書時，已是兒女成人，一女一子已進了大學，連那最小的女兒也讀高中了。二十年轉眼即過，在學問

的增長上，似乎看不出什麼；可是在人的軀體和心態上來看，却顯然是已經漸入老境了。這些作品，談不上有什麼深度，倒是顯得相當的專門，筆者是研究語音的，所以分析音律也都從語音的基本成素上着手，與普通一般人的泛泛然論音律，是有很大的不同的。爲了易於使廣大的讀者接受起見，全書都以深入淺出的方法行文，任何人都可「一讀便了然胸臆」，沒有疑難可言。當然，對這本書，作者本身必也免不了有敝帚自珍之意；不過，無論如何，仍然虔誠地期望博雅君子給予多多的指敎。

　　　　　　　民國六十七年八月五日謝雲飛於新加坡雲南園

文學與音律　目次

壹、語言音律與文學音律的分析研究

一、前　　言

　　語言的表達，可分兩方面：一是用聲音表達，我們通常稱之為「口頭語」(Spoken Language)；一是用文字表達，則通常稱之為「書面語」(Writen Language)。以我們的口腔、喉、牙、屑、舌以及各部門的結構，把聲音變化出許許多多不同的音色、音高、音強、音長來傳達我們的語言，這種現象的發生，已經有很久很久的歷史了；而用書寫的方法記錄語言、傳達語言，也有幾千年的歷史了❶。「書面語」是一種筆寫的「符號」(Sign)，是要經過長久的人類社羣之公認才能成立的，它雖然是一種書面的符號，卻也是記錄聲音的符號；換言之，每一符號都代表着一個不同而可傳達語意的聲音。因此，無論是口頭語或書面語，它們都與語言的聲音脫離不了重要關係。

　　語言既是用聲音表達的，而人世間的事事物物又是那樣的繁多，人類的思想是那樣的複雜，則用以表達這種繁雜的含義之聲音必是相當複雜，且必須是要有一定的「規則」(Rules) 的。諸如這種聲音有多少個別的單位，各單位在相互間當如何聯繫，聯繫時有些什麼律則？這都是要有一套嚴密而精確的組織的。因此，語言這一門學問，經近

---

❶　人類之有「口頭語」，歷史已久，亦不知其始於何時；人類之有「書面語」，亦已有數千年的歷史。單以漢語的書面語來說，「甲骨文」已有三、四千年的歷史，事實上，近年發現的早期陶文，比甲骨文又更早。

人用科學的方法，把它分門別類的剖析開來研究，重要的有「語音學」(Phonetics or Phonology)、「語法學」(Grammar)、「構詞學」(Morphology)、「語意學」(Semantics)等，而單單是語音學這一個門類當中，又可分為「普通語音學」(General Phonetics)、「描寫語音學」(Descriptive Phonetics)、「歷史語音學」(Phonology)、「實用語音學」(Practical Phonetics)、「實驗語音學」(Experiemental Phonetics)、「發音學」(Phonetics)、「音響學」(Acoustics)「音位學」(Phonemics) 等多方面的分析和研究，可見「語音」是語言研究工作中一個非常重要的研究對象，而人類用語言來表達情意，實以語音為重要之媒介。

用語音來表達語言，是有一定的規律和一定的節奏的，表達語言及語詞組織的規律，我們稱之為「語法」(Grammar)；語言用語音表達時的節奏(Harmony)，我們稱之為「音律」(Rhythm)。一般語言表達時所顯示的音律，是指語言在表達過程中，其語言聲音所表現出來的高低、強弱、長短及音色的變化之適切分配而言的。若把語言運用到文學上去，尤其是需要特別顯示音律的詩歌，及組織嚴密的有韻文字，則其語音所表現的高低、強弱、長短及音色的變化，更須有十分精密和適切的調配，這種文學語言上的音律，我們稱之為文學音律。實際上，文學音律也是語言音律的一種，因為文學作品本就是用語言來表達的。不過，文學作品在文字的結構上比一般口語更為精密，同時也比一般口語更多雕琢與美化之功，所以我們在討論語言音律之餘，把文學音律特別提出來談一談。

如果我們用分析語音的方法，來剖釋語言的音律和文學的音律，則對語音在語言中所居的地位之重要，會有更進一層的了解；而對語言音律的把握和運用，也更能掌握理論的根據，而使運用更臻精密與

合理，於此也就可見對語言音律和文學音律的研究，是必然地有其一定的價值的了。

二、形成音律的語音因素

形成語言音律的語音因素有四種，一是音的高低升降，我們簡稱之爲「音高」(Pitch)；二是音的長短斷續，我們簡稱之爲「音長」（Long or Short)；三是音的強弱輕重，我們簡稱「音強」(Accent or Stress)；四是音的質素和個性，我們簡稱之爲「音色」或「音質」(Acoustics or quality)。現在我們把它們分述如下：

（一）音　　高

音高就是聲音的高低。從物理學的角度來看，在一定的時間內，音波數或發音體的顫動數不一樣，就會產生音高的不同。音波或發音體顫動數多的，音就高；反之，音就低。在每秒鐘內能發出的音波數，或發音體的顫動數，叫做「頻率」。如果有甲、乙兩個音：甲音在每秒鐘內顫動一百次，乙音在每秒鐘內顫動一百五十次，那麼我們就說乙音的頻率比甲音大，也就是乙音比甲音高。

從生理的角度來看，音高是由於人類聲帶的長短、鬆緊、厚薄的不同而產生的。聲帶長、鬆、厚的，發的音就低；聲帶短、緊、薄的，發的音就高。人類聲帶是天生的，無法加以改變或調整，但要鬆要緊卻是可以控制的，因此，同一個人發的音，可以有高低的不同。

音高和音長、音強、音色都是構成語音的四大要素之一。在某些語音中，不同的音高有辨義的作用，我們漢語的音高，在音位上的辨義價值是極高的，如標準華語「媽」「麻」「馬」「罵」四個詞的音

長、音強、音色大體上是一樣的，但因爲音高變化的不同，也就構成了它們之間的聲調之異，於是它們之間的詞義之異也就藉着聲調的不同而大有區別。除此之外，大部分的語言更利用音高的變化，來表達不同的感情；同時利用音高的適切調配而使形成音律上的高低升降之美，所以「音高」是形成音律的要素之一。

（二）音　長

音長就是發音在時間上的長短，也就是發一個音素時所經歷的時間之久暫。語音的長短與發音器官緊張時間的長短有關。音長也是構成語音的四大要素之一。一切音素都沒有固定的音長，完全憑發音人的意志來自由決定，通常說話快的人，個別音素的音長所佔的時間較短；說話慢的人，個別音素的音長所佔的時間也就較長。這是由人而定的，並無絕對的標準。從聲音的本質來說，摩擦音一定比閉塞音容易延續時間。其它同種類的音素也可以比較的長，比較的短，主要是以它們的地位和功用如何而定。我們無法找到典型的音長或音長單位，所謂「長短」，沒有絕對的標準，只是比較的結果。通常是元音(Vowels) 較長而輔音 (Consonants) 較短，輔音則閉塞音(Plosive)較短，而摩擦音 (Fricative) 較長❷。

　　在一般的語言裏，輔音的音長都沒有辨義作用，因此同一音素的輔音之長短就沒有音位上的分別。但元音的長短之別，卻是語言學家早就注意到的了。印歐族的語言很早以前就有長短元音的區別，梵語、希臘語、拉丁語等都有長短元音、長短音節之劃分的。元音的長短既

---

　　❷　元音的發音氣流是不受阻礙的，所以元音的「音長」比輔音長；閉塞音是一發卽逝的，摩擦音則是可以延長的。

有區別，則它在「辨義」上就必發生作用，而在文學語言的表現上，也就必會發生長短調配以成音律的現象了。所以，用元音的長短之適切調配以成音節諧和的文學作品，在印歐族的語言中是很常見的事實。

（三）音　　強

音強又稱「音重」或「音勢」，指的是聲音的強弱或輕重；通俗些說，也就是指發音時用力的大小，用力大則音強而重，反之就弱而輕。聲音的強弱或輕重表現於音波振幅的大小上，強音的振幅大，弱音的振幅小。語音的強弱或輕重和發音器官的緊張程度及發音時所用的氣力之大小成正比。

音強也是構成語音的四大要素之一。在很多語言中運用音強的不同構成重音和輕音，以區別語言的「詞彙意義」或「語法意義」。例如：英語「Desert」〔d'ezət〕是「荒蕪」，「Desert」〔diz'əːt〕是「拋棄」，這是屬於詞彙意義的不同。「Present」〔Pr'eznt〕是「禮物」，「Present」〔Priz'ent〕是「贈送」，則是屬於語法意義的不同。這些區別都是運用「音強」（音重）的不同來表現的。在句子中把某些詞特別讀得重一些，還可表現不同的感情色彩，同時也是強調這些重音詞的意義。

音強因表現的所在之異，可以分為以下幾個不同的類別來說明：

1.　強調音

一般人所謂的「強調音」，其實就是「重音」，強調音可分為兩種：第一種是「音的強弱」，也就是我們通常所說的「重音」；第二種是「音的高低變化」，卽在同一音節中的音素之前後音調的高低變化。語言學家稱這第二種強調音為「聲調」或「音節聲調」，聲調除重音的因素外，音高的因素還更佔重一些，這不當在討論「音強」時

討論它，我們這裏只討論一般純粹音強的「重音」。

2. 元音重音

一個詞的重音有時是在前一音節，有時是在後一音節，但無論如何，它只表現在元音之上的，我們稱之爲「元音重音」。一般語言中，表現它們的重音的，多數都在元音上，也就是說以元音重音爲最多。語言音律中之以輕重音爲音律因素的，也多數是元音重音。

3. 輔音重音

重音的表現是落在輔音上的，謂之爲「輔音重音」。輔音重音能把普通輔音變成更長更強的輔音，當然這輔音之後的元音也同樣地受影響，雖然它比輔音弱，卻能到達一般重音的程度。以多音節語來說，重音輔音一定是第一個輔音，無論它的前面有無元音，在它的前面總不會再有輔音的。不過，有的時候，前面有元音的詞，也可以和它的前一個詞的輔音收尾連在一起，而把重音落在它自身的輔音之上。

4. 音節重音

許多語言都運用重音來表現不同的詞，或不同的語法作用。落在不同音節上的重音，能使音素結構相同的詞有不同的詞義，而成爲不同的詞，或具有不同的語法作用。如前文所舉的「Desert」可表現出不同的詞義；而「Present」則可表現出不同的語法詞性。

5. 詞組重音

許多語言都有詞組重音，詞的重音是以重音落在不同音節的情況來辨義的；詞組的重音則是以重音落在詞組之中的哪一個詞來定詞性組合的規則的。譬如說：法語的詞組只有最後一個詞有重音，如「beaucoup de monde」〔boku də mɔ́d〕就是詞組的重音。

6. 邏輯重音

有些語言特有一種使某一個詞的意義突出的重音，這種重音語言

學稱之爲「邏輯重音」。由於邏輯重音，才能使句子裏要想強調意義的某個詞（或某些個詞）突出；同樣的，在整段話中，因爲有了邏輯的重音，才能使有特殊意義的整個句子（或某一些句子）突出，這種重音叫做「意義的重音」或「邏輯的重音」。如：

你最近去過裕廊鎮嗎？
你最近去過裕廊鎮嗎？
你最近去過裕廊鎮嗎？
你最近去過裕廊鎮嗎？

同是一句話，因爲重音落在不同的詞上，整個句子的意義也就大有區別，第一句的語氣是：「你」最近有沒有去過裕廊鎮，而不是指「別人」。第二句是：問你「最近」有沒有去過裕廊鎮，而不是指「以前」。第三句是：問你最近「去過」裕廊鎮沒有？這含有「你最近恐怕根本沒有去過裕廊鎮，而卻在胡謅裕廊鎮現況如何之好」，有冒充內行，使人頗感懷疑的意思。第四句是：問你最近有沒有去過「裕廊鎮」而不是「大巴窰」。雖是同一句子，但因重音的所在之別，含義也就大不相同了。

上述六種不同的重音，也就是六種不同的「音強」，在一般的語言中往往利用上述那些不同類型的音強，來形成不同的語言音律，以顯示語言進行時的節奏之美的。

（四）音　色

音色又稱「音質」，指聲音的質素或個性來說的。它和音高、音長、音強同爲構成語音的四大要素，但它和音高、音長、音強又大不相同，若我們用同樣的音高，或同樣的音強來發〔a〕和〔i〕兩個

音，仍然發覺它們之間有着顯著的差異，原因是〔a〕和〔i〕有不同的音色。

從聲學的觀點來說，音色就是顫動形式的不同，或者說是由於音波式樣的不同，波紋的曲折不同。而音波形式的不同，則是隨着基音與陪音❸之間的強弱比例的不同而產生的。在單純音❹中，無所謂音色的不同，通常所謂的音色之不同，都是指複合音❺而言的。

在複合音中，基音與陪音的強弱是不成單純比例的，有些複合音的陪音強，有些複合音的陪音弱，正因爲有這種複雜的變化，才會產生各種不同「音色」的複合音。

音色的差別是因下列幾種因素的影響而產生的：

1. 發音體與音色：

發音體的不同，最能影響音色，也就是說：發音體不同，音色也就大異。如簫、鼓、鑼、胡琴等所發出來的聲音都不同，那就是因它們的發音體不同，所以音色也就大異；不僅如此，即使是同一把胡琴，因爲用粗絃、細絃、鋼絃、絲絃之異，也往往影響音色而使互不相同。

2. 發音體的發音方法與音色：

發音體的發音方法不同，音色也就因而有異。以同一架絃樂器來說，雖然它的「絃的質地」（如：絲絃、鋼絃）、「絃的長度」、「

---

❸ 一個複合音是由若干個單純音組成的，而各個單純音的高低都是不一樣的，在組成複合音的那些單純音中，有一個最低的音，普通就稱之爲「基音」，而其餘的那些單純音則稱之爲「陪音」或「副音」。

❹ 在單純振動之下所產生的音，一般都稱之爲「單純音」；凡振動的振幅、頻率、相位和周期都是相等的就叫「單純振動」（詳請參見拙著「語音學大綱」第二章）。

❺ 在複合振動之下所產生的音，一般稱之爲「複合音」，凡振動的振幅、頻率、相位和周期都不相等不整齊的，就叫做「複合振動」。

絃的鬆緊」及「共鳴器」等都絲毫不改變，但用「弓」去拉，用手指去彈，或用小棍去敲，它所發出來的聲音之音色也就不同。

3.　發音體所具有的發音狀況與音色

這裏所謂的「發音狀況」是指同一發音體，同一發音方法，但因發音體本身受到壓抑，或發音後以手掩住振動部份，或空氣不同，或絃的鬆緊改變等不同的狀況，往往也是促使產生不同音色的因素。人體發音時，口腔、鼻腔的狀況乃是可以任意變化的，如鼻腔的開閉、咽頭的收放、聲門的大小、舌頭的高低等狀況的變化，所以同一個人的發音，音色就有說不盡的複雜和差異，這種音色的不同，簡直不是任何樂器所能與之相比擬的。

音色的運用，在一般語言中可形成音律上的美感，尤其是文學語言之音律中的「諧韻」(Rhyming)，完全是利用音色來造成的，這在詩歌和有韻的文學作品中，是一項不可或缺的要素，所以研究音律的人，對語音的音色是十分重視的。

三、語言的音律

(一) 何謂音律

1.　一般的音律：

音律 (The beat of Sounds) 就是一種聲音的節奏。所謂「節奏」，是指在一定的時間之內，規則化地重複某種感覺的印象。所以「音律」只是許多種節奏中的一種節奏，因為這種節奏是因聲音形成的，所以我們稱之為「音律」。如我們現在在敲鑼鼓，若要重複聽覺上的印象，就是把鑼鼓的聲音作規律化的重複，我們可以在兩秒鐘之內，一秒鐘敲四下鼓，餘下的一秒鐘敲一下鑼，於是就產生了「多多多多

鏘——」的聲響，如果繼續不斷地重複這種聲響，於是就規則地發生
「多多多多鏘——」「多多多多鏘——」「多多……」的聲音之不斷
重現了，這種規則的重複，就叫做「節奏」(Beat)。「節奏」以發生
在聲音中，使人感覺起來最明顯，其實，聲音以外的感覺也是有節奏
的，聲音的感官是聽覺感官，其它觸覺、視覺、嗅覺也同樣是可以感
覺節奏的，如：你用手摩擦自己的腿部，向前推兩下，往後摸一下，
這樣規則地繼續摩擦下去，就會形成一種節奏，這是觸覺上的節奏；
街上的閃光霓紅燈招牌，紅字過去以後是綠字，綠字過去以後又從頭
再來紅字，這樣以同樣的規律不斷地閃爍下去，就形成了一種視覺上
的節奏；在你的右邊放一瓶打開了蓋的香水，又在你的左邊放一瓶打
開了蓋的「安母尼亞」水(Ammonia)，把你的鼻子一下接近右瓶，一
下又接近左瓶，如是規律地繼續下去，於是香臭兩種氣味便會規律地
出現，這也就形成了嗅覺上的節奏；甚而至於，你的胳膊有點兒「風
濕」痛，每秒鐘規律地痛兩下，則這種痛也就是一種自然的痛覺節奏。
其它如打鐵、蔽釘子、破屋漏水、清泉奔流、林梢鳥鳴、牆角蟲聲，
只要是規則地重複其聲響，便必自然地形成各種不同的節奏。

　　凡是聲音形成的節奏，我們就稱之為「音律」，也可以別稱為「節
律」或「節拍」，俗稱「拍子」，舊劇中也稱之為「板眼」的。

　　2.　語言的音律：

　　我們這裏並不是要漫無目的地討論所有聲音的「音律」，而只是
要討論語言中的「音律」。什麼是語言的音律呢？無論任何人在說話
的時候，他都不是把要說的話一口氣地、不分高低地、不停頓地說完
的；也不是按照音節一個一個死板地讀出來的，而是要有適切的停頓
或間歇，配以適當的高低抑揚，把話分成若干小的段落，很有節律地
說出來。例如：

　　　　從前｜有一回｜北風跟太陽｜兩個人在那兒爭論｜到底是誰
的本事大｜北風說｜我的本事才大呢｜世界上的東西｜沒有不怕
我的｜我能吹得滿天都是黑雲｜把你的臉｜嚴嚴兒的蓋起來｜弄
得你｜什麼都看不見｜

　　這種適切的停頓和間歇，不完全是標點符號斷句的地方，而且每個說
話的人所停頓的地方，可能不完全一樣，但說話必須有適切的停頓和
間歇，再配以抑揚頓挫，把它生動地表達出來，這是天經地義的事，
這就是語言的音律。

　　以上所舉「北風跟太陽的談話」，只是籠統地說明了「停頓」的
節律，其實，語言的節律是多方面的，如「音的長短」、「音的輕
重」、「音的高低」、「音色的質素」、「音的節拍」等都是表現語
言音律的重要因素，不過，這些形成語言音律的因素，在一般語言中，
並不十分的突出，很難使人注意得到，如果把這些因素表現到有音律
的文學作品中去，則其所表現出來的特點便會很顯明地使人感覺得到
了，關於這一點，我們將在下文「文學的音律」中分析說明。

（二）語言音律的重要性

　　從形成語言音律的原因來看，語言音律的形成有兩個原因，一是
生理上的需求要有音律，二是語義上的需求要有音律。

　　1.　生理上的需求

　　說話和人的呼吸活動發生極密切的關係，呼吸供給說話必需的空
氣量，不呼吸，人便不能說話。人的呼吸是有一定規律的，換言之，
也就是說：人的呼吸是有節奏的，是一呼一吸、反復不斷地進行着的。
呼吸有一定的時間上和量度上的限制，固然也有人故意吸很久很久的

氣，或呼很久很久的氣，那是特殊情形下的「肺活量測量」；或兒童時玩遊戲，看誰的吸氣最久，正常的呼吸並不是那樣的。說話爲了配合呼吸上的要求，不得不有節奏。一般人的正常呼吸，大約是每分鐘十七次左右，呼出的空氣要由吸入的空氣來補充。爲了適應人類本身呼吸上的需求，所以人們在說話的過程中，不得不作適當的停頓或間歇，否則，人的生理上就有不自然和不舒服的感覺。

2. 語義上的需求：

說話除了和人的呼吸相關以外，同時也和人使用語言的目的有關。人類使用語言的目的是爲了要表情達意，以完成交際、思想交流，使人與人之間能互相了解、互相合作、互相幫助。爲了要清楚地、明確地傳達思想、情感，而使對方能清楚、明確地了解和接受你所表達的情意，就必須用盡方法使自己的語詞之語義能顯明地表達出來，而在一些語詞和另一些語詞之間作適切的停頓、間歇、升高、降低、拉長或縮短音調、加重或減輕語氣，就是使語義更顯明化的一種方法，這樣，也就自然而然地產生語言的音律了。

3. 呼氣段落：

隨着人們生理上（呼吸）的要求，在口語裏自然而然地分成若干段落，這種段落叫做「呼氣段落」，「呼氣段落」按照呼吸的要求來說，應該是長短一致的，但實際上的長短並不完全一致，如在「今天天氣很好，不冷也不熱」這麼一個句子裏，說話時所分成的段落是：

今天｜天氣很好｜不冷｜也不熱｜

這是因爲「呼氣段落」在不妨礙呼吸的情況下，可以自然地隨着語義的轉變與必要而有調整和改變，因此，呼氣段落的長短也就不完全相等了。其長短的伸縮性必須牽就兩個條件，一是不妨礙語氣和語義的

完整性；二是不妨礙呼吸的自然性。如上例中的「天氣很好」自然比「今天」「不冷」要長得多，但它的長度並不至於妨礙呼吸，而且仍能維持呼吸的自然。在需有「呼氣段落」的地方，也不是停頓很久的，只是在不知不覺中的一個片刻間歇而已。

4.　語言音律的重要性：

音律是語言內在的成素，只要有語言的活動發生，就必然有語言的音律。但我們卻不能因爲語言中必定會附有音律，不必特別經心就自然存在，而就忽視了它的重要。儘管語言的音律是天生自然的，但要充分地運用語言的音律，把握語言音律的重點，使語言發揮更高度的功能，那實在不是一件很容易的事情。有些人，因爲不善於發揮語言音律的功能，把許多素材極好的談話資料，說成死氣沉沉，引人入睡；或者有些人結結巴巴，呼氣段落不能適切運用，說的話，若斷若續，旣無抑揚高低，又無輕重強弱，使聽話的人爲他着急，爲他難過；也有人可能口若懸河，吐詞如流水快板，旣緊湊，又流暢，兼以抑揚適切，疾徐合宜，輕重恰當，頓挫有緻，這也就是善於發揮語言音律功能的說話人了。思想、學識、生活經驗是一件事，語言能否表達胸臆之意是另外一件事，不善發揮及運用語言音律的人，學識縱使極高超，生活經驗縱令十分豐富，說話時照樣是會催人入夢的。所以，在語言中，適切地發揮和運用音律，是我們準確和清晰地表達情意的一個很重要的輔助手段。所以一個人，尤其是一位教師，或者牧師、律師、政治家、宣傳家等，在語言上講求音律，是非常重要的一件事。

四、文學的音律

（一）何謂文學的音律

文學作品，都還是用一般的語言來表現的，那麼，文學作品中牽涉到音律的部份，其實也就是前文所謂的一般語言的音律。在文學作品當中，特別強調音律的是韻文和詩歌，尤其是在詩歌的語言中，音律幾乎就是它的生命。但是，在詩歌中的音律，實際上就是語言的音律，因為詩歌的音律，主要的是通過語言的音律來形成的，只是從詩歌的藝術成就來說，它比普通語言更強調音律而已。因為詩歌是最強調音律的一種文學作品，所以我們所指的「文學音律」實際上也就是詩歌的音律。實在的說，儘管詩歌的音律是通過語言的音律而形成的，但我們日常說話並不會說成像詩歌那樣，也就是說：不會把普通語言說成有「韻脚」、有固定的「節拍」、有固定的「平仄」、有固定的「音之長短」；普通語言只講自然，雖有音律，也只是乙然的音律，如風吹林梢，水流山澗，其所表現的音律是一種天籟，是極其自然而不勉強的。詩歌的音律則是富有人工雕琢的「強調」的，如刻意求H的歌劇，節奏顯明的交響樂，雖其中也儘量設法表現「自然」，但與眞正大自然的「天籟」總是大有區別的。因此，我們把「文學的音律」和「語言的音律」分開來說明。

(二) 文學音律的類別

1. 長短律：

古代印歐族的語言，如梵語和希臘語，都有用音的長短來表現音律的。表現的方法是：使長音作周期性的重複，如有些「吠陀」❻

❻ 陀 (Veda)，又作「韋陀」，義譯為「智」，乃印度最古之經典，相傳為移居五河 (Panjah) 地方之雅利安人所作，時約在公元前 3000 至 800 年間，計分四部，即黎俱吠陀 (Rig Veda)、娑摩吠陀 (Sama Veda)、夜珠吠陀 (Yajur Veda)、阿闥婆吠陀(Atharva Veda)。其中「黎俱」與「娑摩」兩吠陀大部是讚神的詩歌，很多是用音的長短來表現音律的。　　　(一)

(Veda) 詩的詩句，每一句都分成前後兩段，前段的音節是可長可短，完全自由的；後段的最後一個音節卻必須是固定的長音節或短音節。希臘語的情形也是如此。這是用音長去表現音律的語言實例。在我們的漢語當中，也有用音長表現音律的現象，只是不如用音高表現音律那麼顯明罷了。漢詩中的「平仄格律」，裏面就包含了「長短律」的成份，王了一先生在討論「平仄」中「爲什麼上去入聲合成一類（仄聲），而平聲自成一類？」的問題時說[7]：

> 聲調自然是以「音高」(Pitch)爲主要的特徵，但是長短和升降也有關係。依中古聲調的情形看來，上古的聲調大約只有兩大類，就是平聲和入聲。中古的上聲最大部份是平聲變來的，極小部份是入聲變來的；中古的去聲大部份是入聲變來的，小部份是平聲變來的（或者是由平聲經過了上聲再轉到去聲）。等到平入兩聲演化爲平上去入四聲這個過程完成了的時候，依我們的設想，平聲是長的，不升不降的；上去入三聲都是短的，或升或降的。這樣，自然地分爲平仄兩類了。「平」字指的是不升不降，「仄」字指的是「不平」（如山路之險仄），也就是或升或降。（「上」字應該指的是升，「去」字應該指的是降，「入」字指的應該是特別短促。古人以爲「平」「上」「去」「入」只是代表字，沒有意義，現在想來恐不盡然。）如果我們的設想不錯，平仄遞用也就是長短遞用，平調與升降調或促調遞用。

自來人們對近體詩格律中的「平仄」，只把它看成是單純的「聲調」問題，殊不知「聲調」本身就是相當複雜的一個問題，因爲「聲調」

---

[7] 參見王著「漢語詩律學」pp. 6——7 （1958年，上海新知識出版社）。

之中包括了「高音」(Pitch)、「音長」(Long or Short)，而且，某些情況之下有時還包括了「音強」（即音的輕重Accent or Stress，如漢語中經常有「輕聲調」的出現）等成素。因此我們對「平仄」就不能把它看成是單純的聲調問題，尤其是漢詩中把平仄的間隔調配來表現其音律，是頗有西洋詩中「長短律」的意味的，所以王了一先生在討論「爲什麼平仄遞用可以構成詩的節奏?」一問題時說❽:

> 英語的詩有所謂輕重律和重輕律。英語是以輕重音爲要素的語言，自然以輕重遞用爲詩的節奏。如果像希臘語和拉丁語，以長短音爲要素的，詩歌就不講究輕重律或重輕律，反而講究短長律或長短律了。（希臘人稱一短一長律爲 iambus，一長一短律爲 trochee，二短一長律爲 anapest，一長二短爲 dactyl，英國人借用這個術語來稱呼輕重律和重輕律，這是不大合理的。）由此看來，漢語近體詩中的「仄仄平平」乃是一種短長律，「平平仄仄」乃是一種長短律。漢語的詩律和西洋詩律當然不能盡同，但是它們的節奏的原則是一樣的。

這種說法是完全正確的，事實上，漢語近體詩中的「平仄」遞用，主要的就是要把音的長短作適切的調配，使產生長短律或短長律所表現的節奏之美。

利用音長組成的文學音律，我們就稱之爲「長短律」，細分之可有「短長律」「長短律」或「一短一長」「一長一短」「二短一長」「一長二短」，甚或可演爲「二短二長」「三短二長」「二長三短」等等不同的類別，但總而言之，我們可概稱之爲「長短律」。

---

❽ 參見王著「漢語詩律學」p. 7.

2.　輕重律:

利用語音的輕重而形成詩句的節奏，我們概稱之爲「輕重律」，以調配方法之異則又可分爲「重輕律」「輕重律」兩種。希臘詩利用一個長音和一個或兩個短音配合（或其它不同的長短音配合），成爲一個節奏上的單位，叫做一個「音步」(foot)，拉丁語的詩歌中也有這種長短音相配的音步。到了法語、英語和德語中，因沒有長短音的分別，於是就用輕重音的相配來形成音步，也就是說用語音的輕重配合以形成詩歌中的節奏。所以近代英國的詩論家就把他們自己語言中的重音與希臘語中的長音相當，把輕音跟希臘語中的短音相當，而接受了希臘詩歌中關於音步的各種術語之名稱，而來稱謂英語的詩歌，如:

輕重律 (Assceding of Rising meters)：
　　一輕一重律 (Iambic or Iambus)：在希臘歌中原是指一短一長的詩律爲 Iambus 律的。
　　二輕一重律 (Anapest)：在希臘詩歌中原是指二短一長的詩律爲 Anapest 律的。
重輕律 (Descending or Falling meters)：
　　一重一輕律 (Trochee)：在希臘詩歌中原是指一長一短的詩律爲 Trochee 律的。
　　二重一輕律(Dactyl)：在希臘詩歌中原是指二長一短的詩律爲 Dactyl 律的。

有時又因每一音步 (foot) 所包含的音數之不同而成「雙音律」(Duple or Double meters) 和「三音律」(Triple meters)的不同，如: 用a表示重音，x用表示輕音，其音律的表現是:

雙音律:

Iambus 律:

The Wind is fresh and free.

x　ɑ　| *x*　ɑ　| *x*　ɑ

Trochee 律:

Happy field or mossy Cavern.

ɑ *x* | ɑ　*x* |*x* |ɑ *x*

三音律:

Anapest 律:

And his cohorts were gleaming

x　*x*　ɑ| *x*　*x*　ɑ| *x*

in purple and gold.

x ɑ| *x*　*x*　ɑ

Dactyl 律:

Take her up tenderly.

ɑ　*x*　*x* |ɑ *x* *x*

至於法語中的十二音節詩，實際上就是四個音步的「三音律」詩，因為他們的習慣總是把十二音節分成四個詩格，每一格都用重音來表現，如:

Un destin|plus heureux|vous conduit|en ʹepire.

其中只有兩個重音是固定的重音，就是第六音節和第十二個音節。其餘的兩個可以自由地落在不同的地方。

雖然英語、德語、法語都用「音重」來表現音律，但它們之間還

是有點兒不同的，因為法語的重音一向本來都不明顯的，到了詩句中為了特別表現音律，就把重音加重表現出來，因此法語的輕重律表現得特別地顯明。德語和英語則因為本來就有重音，在詩句的音律中雖也加重了重音以表現輕重律，但卻不如法語那麼顯明。

　　漢語詩歌中雖很少人特別去留意輕重律，但在實際朗誦的過程中，輕重音的表現也是非常顯明而能感覺得出來的，如近體詩中的七言詩和五言詩，在朗誦時其奇數音節顯然是要比偶數音節重得多的，如：

　　　　可憐無定河邊骨　　猶是春閨夢裏人[9]。

　　　　$a\,x\,|\,a\,x\,|\,a\,x\,|\,a—$　　$a\,x\,|\,a\,x\,|\,a\,x\,|\,a—$

　　　　明月松間照　　清泉石上流[10]。

　　　　$a\,x\,|\,a\,x\,|\,a—$　　$a\,x\,|\,a\,x\,|\,a—$

一般的讀法是重音落在奇數音節上，但偶數音節的音要長出一倍。

　　以現代詩來說，輕重音的節奏也是自然便具備了的，至於輕重的位置則也差不多是規則而固定的。因為漢語自來便愛用兩個單音詞結合成的詞組，所以在詩的用語中，兩字形成一組的詞特別多，而習慣上都是把重音落在兩個字的第一個字上，如：青山、綠水、清泉、明月、白雲、藍天等等，在現代詩的用語中也依然是利用兩個單音詞形成一個音步，再由若干音步完成一個詩行，因此它的輕重音之表現，也依然是在奇數音節之上重讀，在偶數音節之上輕讀。如：

　　　　雲在天上，

　　　　$a\,x\,|\,a\,x$

---

　　[9]　唐，陳陶「隴西行」第一聯（採自「唐詩三百首」）。

　　[10]　唐，王維「山居秋暝」第二聯（採自戴君仁「詩選」，1952，臺北）。

人在地上，

$\alpha x \mid \alpha x$

影在水上，

$\alpha x \mid \alpha x$

影在雲上⓫。

$\alpha x \mid \alpha x$

其實不僅詩歌中用到「輕重律」，就是散文中也是常用輕重音來表現節奏的。我們在前文所提到的散文語句之適當停頓或間歇，也多數是用輕重音來表現的，凡是這種用「音重」來表現音律的現象，我們統稱之爲「輕重律」。

3. 高低律：

利用「音高」以組成音律的，以漢語爲最明顯。因爲漢語的語詞都有聲調，而形成聲調的主要因素是音高，所以漢語詩歌便特別重視各音節間的音高之調配。凡是利用音高的適切調配而產生節奏的，我們就稱這種音律爲「高低律」。前人所謂的「若前有浮聲，則後須切響」⓬，就是指音高的調配必須恰當使成有幽美的音律之謂。尤其是漢語的律詩，把平仄字音的音節作規律性的規定，如「平平仄仄仄平平」「仄仄平平平仄仄」及「二四六分明」之類，就是音高律的嚴格規則，規定第幾句詩的第幾個字必須是平或必須是仄，是一點不可隨便的。如五言律詩的格式是：

⓫　郭紹虞「江邊」（採自王了一「漢語詩律學」第五章，1958，上海）。

⓬　參見梁沈約「宋書謝靈運傳論」（「昭明文選」第五十卷，1955，臺北藝文印書館影印本）。

a　仄起式:

仄仄平平仄，平平仄仄平。
平平平仄仄，仄仄仄平平。
仄仄平平仄，平平仄仄平。
平平平仄仄，仄仄仄平平。

b　平起式:

平平平仄仄，仄仄仄平平。
仄仄平平仄，平平仄仄平。
平平平仄仄，仄仄仄平平。
仄仄平平仄，平平仄仄平。

其中的首句是可以入韻也可以不入韻的，如果首句入韻的話，則「仄起式」的首句應是「仄仄仄平平」；而「平起式」的首句則應是「平平仄仄平」。因為近體詩都是用平聲韻的，所以偶數句的末一字一定是「平」。至於七言律詩的格式則是:

a　仄起式:

仄仄平平平仄仄，平平仄仄仄平平。
平平仄仄平平仄，仄仄平平仄仄平。
仄仄平平平仄仄，平平仄仄仄平平。
平平仄仄平平仄，仄仄平平仄仄平。

b　平起式:

平平仄仄平平仄，仄仄平平仄仄平。
仄仄平平平仄仄，平平仄仄仄平平。
平平仄仄平平仄，仄仄平平仄仄平。
仄仄平平平仄仄，平平仄仄仄平平。

同樣地，其中的首句也是可以入韻或不入韻的，如果首句入韻的話，則「仄起式」的首句應是「仄仄平平仄仄平」；而「平起式」的首句則是「平平仄仄仄平平」了。

這種平仄的調配而成規律，是以兩個字爲一節的，最後一個奇數字則單獨成爲一節，每一節中以第二字爲最重要，只要第二字的規律不亂，其音高的錯綜也就始終不亂。每一節中第一字永遠是以跟隨第二字爲原則的，但有時因爲選詞困難，恐怕因律以害義，因此第一字也就勉強可以作通融性地改變，這就名之爲「一三五不論，二四六分明」了。至於每句最後一字，則完全看入韻不韻，入韻的就用「平」，不入韻的話就用「仄」，變換起來是很方便的。如「仄起式」的七言律詩（首句不入韻），其「二四六」及每一節的關係是：

〇仄｜〇平｜〇仄｜仄，〇平｜〇仄｜〇平｜韻。
〇平｜〇仄｜〇平｜仄，〇仄｜〇平｜〇仄｜韻。
〇仄｜〇平｜〇仄｜仄，〇平｜〇仄｜〇平｜韻。
〇平｜〇仄｜〇平｜仄，〇仄｜〇平｜〇仄｜韻。

我們把它按兩字一節，每一句分成四節以後，就可看出其中「二四六」字的規則是如何地分明了，凡第二字必然與第四字相反，第六字又與第四字相反；第一聯的「二四六」必與第二聯相反，第三聯又與第二聯相反，第四聯又與第三聯相反。其規律是整齊而美觀的，而其在音高上的表現也就自然是「高」「低」相間，錯綜「升」「降」的了。這是音高律的妙用，看起來似乎很機械、很刻板，但卻是非常科學而有趣的，事實上，音律的錯綜妙用，也必須是如此「規則化」的才行。

聲調主要是由「音高」形成的，所以用聲調的平仄以調配音律，也就是用音高來調配音律，因此我們稱這種音律爲「高低律」。

4.　音色律:

音色也就是「音質」，詩歌中所謂的「押韻」，就是用音色去表現音律的一種方法。也就是把同一音色的「音節」間隔多少時間就讓它重複出現一次，使這種「重複出現」顯得相當的規則化，而這時在詩歌的語言中便出現一種因音色而形成的音律，此之謂「音色律」。

音色律的表現，通常都是在一行詩的最後一個音節。所謂「押韻」，在西洋詩中，一般的常例是:　甲行最後一音節裏的元音（Vowels）和乙行最後一個音節的元音完全相同。如:

"you are in the China-Closet!"

He would cry, and laugh with glee——(ee=〔i:〕)

It wasn't the China- Closet;

But he Still had Two and Three——(ee=〔i:〕)⑬

若甲行詩最後一音節的元音是「複合元音」（diphthong），則相押韻的乙行詩之最後一音節的元音也必須是同樣的複合元音。如:

Maud Muller all that Summer day——(ay=〔ei〕)

Raked the meadow Sweet with hay——(ay=〔ei〕)⑭

在中國詩歌裏，古體詩和近體詩的習慣是隔句押韻，韻脚都落在偶數句的最後一字上; 唯第一句則是自由的, 它可以入韻, 也可以不入韻。如:

---

⑬　From "One, Two Three," by H. C. Bunner (1855-1896)（採自王了一「漢語詩律學」）。

⑭　From "Mrs Judge Jenkins,"by F. B. Harte (1838 1902)（採自王了一「漢語詩律學」）。

山暝聽猿愁，——（愁，士尤切〔dʒiəu〕）⑮

滄江急夜流。——（流，力求切〔liəu〕）

風鳴兩岸葉，

月照一孤舟。——（舟，職流切〔tɕiəu〕）

建德非吾土，

維揚憶舊遊。——（遊，以周切〔iəu〕）

還將兩行淚，

遙寄海西頭。——（頭，度侯切〔dəu〕）⑯

漢語詩歌的押韻，是指從該音節的「主要元音」（卽「韻腹」）算起，直到韻尾爲止的元音相同，至於「介音」（卽「韻頭」）則是可以棄而不顧的。所以上錄詩句的韻脚中，有的複合元音是〔—iəu〕，有的則是〔—əu〕，也仍算是「複合元音」的相同。至於現代詩，則如：

枯樹在冷風裏搖，——（搖——〔iau〕）

野火在暮色中燒。——（燒——〔ʂau〕）

啊 !——（啊——〔a〕）

西天還有些殘霞，——（霞——〔ɕia〕）、

敎我如何不想她? ——（她——〔t'a〕）⑰

前兩行押〔——au〕韻，介音〔—i—〕不算；後三行換〔—a〕韻，

---

⑮ 擬測之唐代音值，係以拙著 「中國聲韻學大綱」 爲依據。 請參見該書 P. 213 （1971 年，臺北蘭臺書局）。

⑯ 見唐孟浩然「宿桐廬江寄廣陵舊遊」 （採自戴君仁「詩選」）。

⑰ 劉復「敎我如何不想她」，全詩共四段，這是最後的一段（採自楊兆禎「中國藝術名歌選」1969，臺北）。

介音〔—i—〕也不算。

除了音節尾的元音相同就是「音色」相同以外；若音節末尾的元音相同，另外又附有輔音收尾的，其「音色」也必相同。如：

> Oh where did hunter win
> So delectable a Skin
> 　　For her feet?[18]

漢語詩歌也是同樣的情形，凡有輔音韻尾的韻脚，必須「主要元音」（即「韻腹」）相同，而輔音的韻尾也相同，音色才會完全相同。如收「鼻音」韻尾的韻脚是：

> 寥落古行宮，——（宮，居戎切〔Kiuŋ〕）[19]
> 宮花寂寞紅。——（紅，戶公切〔ɣuŋ〕）
> 白頭宮女在，
> 閒坐說玄宗。——（宗，作多切〔tsuŋ〕）[20]

又如收「塞音」韻尾的韻脚是：

> 千山鳥飛絕，——（絕，情雪切〔dziuɛt〕）
> 萬徑人蹤滅。——（滅，亡列切〔miɛt〕）
> 孤舟簑笠翁，
> 獨釣寒江雪。——（雪，相絕切〔Siuɛt〕）[21]

---

[18] From "My Mistress's Boots," by F. Locker-Lampson (1821-1895)（採自王了一「漢語詩律學」）。

[19] 同[15]

[20] 見唐元稹「行宮」（採自戴君仁「詩選」）。

[21] 見唐柳宗元「江雪」（採自戴君仁「詩選」）。

至於現代詩，則如:

> 忘掉她，像一朵忘掉的花，
> 那朝霞在花瓣上，——（上——〔ṣaŋ〕）
> 那花心的一縷香，——（香——〔ɕiaŋ〕）
> 忘掉她，像一朵忘掉的花 !㉒

從以上的情形看來，我們可知: 所謂「音色」相同，是指音節的「音峰」到音節的結束爲止的相同，音峰以前的音素可以不計，換言之也就是從「主要元音」開始到「韻尾」爲止的相同，就算是「音色」相同了，「介音」不同是可以不管的。以音色之相同而施之於押韻，以表現文學的音律，是各種語言都慣用的，同時也是表現音律最重要的方法之一。

5. 節拍律:

把語言的節奏表現在「節拍」上，這種音律我們稱之爲「節拍律」。希臘語和拉丁語的詩歌，就是以節拍來表現詩律的。他們規定一個短元音爲一個拍子，一個長元音等於兩個拍子，不同的拍子在詩句中重複均勻地出現，而形成詩的節奏，這就叫做「詩格」，不同節拍的詩格有如下四種，它們是:

a 揚抑格: 由一個長音節 和一個短音節所構 成的雙合格謂之「揚抑格」。

b 抑揚格: 由一個短音節 和一個長音節所構 成的雙合格謂之「抑揚格」。

㉒ 見聞一多的「忘掉她」，全詩共七段，這是其中的第一段（探自王了一「漢語詩律學」）。

c　揚抑抑格：由一個長音節和兩個短音節所構成的三合格謂之「揚抑抑格」。

d　抑揚抑格：由兩個短音節的中間夾了一個長音節所構成的三合格謂之「抑揚抑格」。

這種詩歌的特點是：以格的數目構成了詩歌的節拍，如「六節拍詩」，就是帶有六個詩格的詩，它的前五個詩格是「揚抑抑」格，最後一個詩格是「揚抑格」。

在漢語詩歌的近體詩裏，也自然顯示着一種節拍的音律，只要是朗誦上口時，節拍便必然是清晰地可以感覺到的。它們是以每兩個字（卽兩個音節）爲一小節，最後一個字獨自成爲一小節，平聲字所佔的時間約爲仄聲字的一倍，如：

五言詩每句可分爲三節，它們的拍子是：

仄　仄‖平——平——‖仄

平——平——‖仄　仄‖平——

平——平——‖平——仄‖仄

仄　仄‖仄　平——‖平——

七言詩每句可分爲四節，它們的拍子是：

平——平——仄　仄‖平——平——‖仄

仄　仄‖平——平——‖仄　仄‖平——

仄　仄‖平——平——‖平——仄‖仄

平——平——‖仄仄‖仄平——‖平

在現代的漢語詩歌中，如果是朗誦上口，這種因節拍而產生的音律也是顯然可遇的。如：

天上的 ‖ 星星 ‖ 千萬 ‖ 顆，

世上的 ‖ 妞兒 ‖ 比星 ‖ 多，

啊！ ‖ 傻孩 ‖ 子， ‖ 想一 ‖ 想！

為什麼 ‖ 失眠 ‖ 只為 ‖ 她一 ‖ 個？

地上的 ‖ 花兒 ‖ 千萬 ‖ 朵，

哪曾見 ‖ 素淨 ‖ 清芬 ‖ 像白 ‖ 荷？

啊！ 世上的 ‖ 妞兒 ‖ 比星 ‖ 多，

可是 ‖ 我， ‖ 誰也 ‖ 不——‖ 愛！

除了 ‖ 她一 ‖ 個。 ㉓

這因為是屬於歌謠一類的作品，所以節拍就更加的明朗和輕快，我們
只消打着拍子，按着上列的節拍朗讀下去，其「節拍律」也就可以很
明白地顯示出來了。

五、後　語

　　對於語言和文學的音律，多數人都是能運用，且運用起來也頗能
暗合其中的妙悟，但其所以然之理卻是很少人去留意的。實在的說，
語言和文學的音律，在語言中是佔有極重要的地位的，發音、辨義、
遣詞、達意固然是屬於發音學、音位學、詞彙學、語意學的職責，但
要想把話說得很美，而且能說得恰到好處，表現出它的妙境，卻不完
全是發音學、音位學、詞彙學、語意學所能完全擔當得起的。語言音

　　㉓　採自陳幼睿遺作「牧童情歌」，陳君（1929-1968）一向的筆名都是「陳
　慧」，但這一首詩係用「高山」的筆名發表的。（陳君自刊有「青春夢曲」，
　1952，臺北）

律的了解和適切的運用，至少有下列三種好處是可以賴它來表現的，那就是：

一　增加一般語言和文學語言的美感。

二　加強文學作品的藝術生命，增加文學語言的音樂性。

三　加深表現語言所要表現的各種感情。

語言的表達，本來就是帶有一點兒音樂性的，如果特別強調語言音律的話，則其音樂性也就更濃，所以美好的文學作品是不可忽視語言音律的；而平常說話，語言音律的運用，也是有其必然不可忽視的良好效果的。

　　　　　　　　　　一九七四年元月三日於新加坡南洋大學

參考及引用書目

1. 宋書謝靈運傳論　梁沈約　（見「昭明文選」五十卷，民國四十四年，臺北藝文印書館影印版）。

2. 重校宋本廣韻　宋邱雍等　（民國五十年，臺北廣文書局影印版）。

3. 詩選　戴君仁　（民國四十一年，臺北中華文化事業出版委員會）。

4. 青春夢曲　陳慧　（民國四十一年，臺北作者自刊）。

5. 中國文學發展史　劉大杰　（民國四十五年，臺灣中華書局）。

6. 漢語詩律學　王了一　（1958 年，上海新知識出版社）。

7. 中國文學之聲律研究　王忠林　（民國五十二年，臺灣師範大學）。

8. 中國藝術名歌選　楊兆禎　（民國五十八年，臺北文化圖書公司）。

9. 普通語言學　高名凱　（1970 年，香港劭華文化服務社）。

10. 中國聲韻學大綱　謝雲飛　（民國六十年，臺北蘭臺書局）。

11. 音學十論　謝雲飛　（民國六十年，臺灣霧峰出版社）。

12. 語音學大綱　謝雲飛　（民國六十二年，臺北蘭臺書局）。

貳、作品朗誦與文學音律

一、朗誦的含義

文學作品，無論其為散文韻文，古文今文，凡能朗朗上口，犀利流暢者，則其為佳作的首要條件，已行具備。若朗讀時，感覺詰詘聱牙，艱澀凝滯，則雖內容至佳，意境極高，也終因其生澀詰詘而降低其價值。

朱自清先生在其「理想的白話文」中謂白話文的基本條件是要能「上口」，所謂「上口」是指作品的文句，在用口語誦讀時，可以朗朗上口，毫無滯澀之感。近時，教導學生作文，常發現學生於作品之中，有類似如下的語句出現：

> 早晨起牀之時候。
> 我們二個人在一起。
> 他笑了，我亦笑了。

這麼三個簡單的語句，都因一字運用不當，便產生了艱澀的毛病，如把他們稍加修改，調換一字，便通順如下式了：

> 早晨起牀的時候。
> 我們兩個人在一起。
> 他笑了，我也笑了。

所謂「上口」與「不上口」，其關鍵就在這一字之差。如果通篇作品犯了很多類似上舉的這種毛病，則其艱澀也就必然而不可免了。

上口與不上口，不因文言白話而異，白話固有白話的上口習慣，文言亦有文言的上口習慣，但其上口的重要性則完全如一。通常若在很純粹的白話中夾進一個不倫不類的文言詞，或在很純的文言文中夾進一個格格不入的白話詞，往往便產生艱澀的弊端，如：

> 綠葉之上面，有一朵紅花。
>
> 吾才識學問，極知淺陋，然仍欲有點兒成就。

以上第一句的毛病完全發生在一個「之」字上，如把它改成「綠葉的上面，有一朵紅花。」就不會有毛病了。其實，白話中也不是絕對不可以用「之」字，只要配合得好，也仍是非常順暢的句子，如把上句改成「綠葉之上有一朵紅花」，也還是很通順的句子。至於以上第二句的毛病則發生在「有點兒」一詞上，因為整句都是文言的體勢，摻進一個白話詞「有點兒」，就顯得十分的不調和，如把它改成「吾才識學問，極知淺陋，然仍欲有所成就。」就成為精純的文言文了。

反過來說，白話中雜有文言，但雜得恰到好處，仍算是「上口」的，如：

> 生命是可貴的，人不可去冒無謂的危險，千金之子，不坐垂堂，古人早有明訓了。

這其中的「千金之子，不坐垂堂」是文言，但它雜在白話當中仍能朗朗上口，可見文白的夾雜，是不必絕對避免的，只要配合運用得恰到好處也就好了。

同樣的，文言中夾雜白話，也不是絕對不可以的，只看能否恰到

好處而已，如：

　　　　維生之道，貴在適應環境，就地取資，南人有言：「靠山吃山，靠水吃水」，斯之謂也。

這其中的「靠山吃山，靠水吃水」，雖是成諺，卻是純粹的白話，但夾在上舉的文言句子中，也仍是通暢而可以上口的。可見不論是文言、白話，或是文白夾雜的作品，通暢的基本條件是要能「上口」，否則便是艱澀凝滯，詰詘不通了。

　　因為文學作品的表達工具是語言，「語言」自然應當是可以朗朗上口的，本文所要討論的「文學作品的朗誦」，正是一種高度的「上口」。因為作品之以文字表達，讀者以「目視」接受文義，只是作品表達的一偏，是一種「無聲」的表達法。作品經朗誦而表達出來的情節，才是比較全面的，因為朗誦時聲音的高低、抑揚、長短、強弱以及傳遞感情的音色等，都可以藉語言的朗朗出現而表露無遺，可見作品朗誦是文學表達的一條十分重要的途徑。

二、朗誦的原始

　　朗誦的起源，大抵是原始於先民的歌誦謠諺，當上古尚無文字但有口語之際，先民的歌謠唱誦大約是合一難分的，到了創制文字，有文學作品之產生以後，先民的歌樂文詞合一的情況依然存在。不過漸次發展的結果，歌樂與諷誦慢慢地形成兩種不同的意義，有固定樂調者謂之歌樂；無固定樂調而高低抑揚由唱誦者任意自然發揮者謂之諷誦。所以，實際上諷誦就是今人所謂的朗誦，凡是不入樂的謠諺，固

當入於諷誦的範疇，卽使是「擊壤」❶「康衢」❷等風謠，「南風」❸「卿雲」❹等和歌，也當入於諷誦之列。

文學作品藉文字表達而成篇籍，篇籍流傳而達異時異地，讀者爲求深切體悟作者之意、感受作者之情，其最佳的契悟之道，便是朗聲諷誦作者的作品，故自有作品以來，諷誦便已開端；而自古至今，諷誦的歷史已綿衍幾千年了。周禮大司樂云：「以樂語敎國子，與、道、諷、誦、言、語」。鄭玄注云：「背文曰諷，以聲節之曰誦。」可知朗聲讀書謂之諷，朗聲讀而有節奏謂之誦。

左氏傳襄公十四年云：「史爲書，瞽爲詩，工誦箴諫。」孔穎達疏云：「工亦瞽也，詩辭自是箴諫，而箴諫之辭或有非詩者，如虞箴之類，其文似詩而別。詩必播之於樂，餘直誦其言。」工就是樂官，藉樂官所誦之詩以規諫爲政，因而謂其辭爲「箴諫」。孔氏所謂之「虞箴」，卽左傳襄公十四年載周（武王）太史辛甲命百官爲箴辭，以規諫王政之失，其中有虞人（掌田獵之官）之箴，因謂「虞箴」。虞箴是中國最早見諸載籍的諷誦之辭，這並非說前此沒有諷誦之事，而只是說「虞箴」爲中國諷誦文辭之最早見籍者而已。

---

❶ 帝堯之世有八九十老人擊壤而歌曰：「日出而作，日入而息；鑿井而飲，耕田而食，帝力於我何有哉！」（見「帝王世紀」）。擊壤，以木爲二壤，前廣後銳，先置一壤於地，以另一壤擊之（見「三才圖會」）。

❷ 堯治天下五十年，不知天下治與？不治與？百姓願戴己與？乃微服游於康衢，聞兒童謠云：「立我丞民，莫匪爾極，不識不知，順帝之則。」（見「列子仲尼」）。

❸ 虞舜造南風之詩，其辭云：「南風之薰兮，可以解吾民之慍兮，南風之時兮，可以阜吾民之財兮。」（見「尸子綽子」）。

❹ 尙書大傳虞夏傳：「維十有五祀，卿雲聚，俊乂集，百姓相和而歌卿雲，帝乃倡之曰：「卿雲爛兮，糺縵縵兮，日月光華，旦復旦兮。」

此後如詩毛傳所謂的「古者教以詩樂，誦之、歌之、絃之、舞之」，及墨子公孟篇所謂的「誦詩三百，絃詩三百，歌詩三百，舞詩三百」；論語子路篇中「孔子曰：誦詩三百」等，都是古人朗誦詩經的記載。大抵背文誦讀謂之誦，引聲長詠則謂之歌，「歌」其實也是朗誦的一種方式❺。又左傳隱公元年，鄭莊公掘地及泉，於地下會其母武姜，公入大隧而賦，姜出大隧亦賦❻，「賦」也是「誦」的一種，所以班固漢書藝文志引傳云：「不歌而誦謂之賦。登高能賦，可以為大夫。」至如左傳襄公三十年之鄭人誦子產，呂覽先識篇、樂成篇及孔叢子陳士義篇之魯人誦孔子，這些「誦」也都是人民朗誦心中要說的話，以歌頌他們所仰望者之事功的意思。總而言之，頌贊敬仰的人，發抒心中之所感，高聲朗誦，最能傳情達意，抒感暢懷，因之後世朗誦文學作品之事，也就累世傳播，廣為世用了。

三、朗誦與音律

說到文學作品的朗誦，很自然地就會令人聯想到「音律」的問題，這裏所謂的音律，是指文學語言在朗誦過程中，所產生的各種音律之作用。文學作品是用一般的語言來表現的，語言的表達分兩方面，一是用書寫的方式表達，謂之為「書面語」（Writen language）；另一是用口以聲音來表達的，謂之為「口頭語」（Spoken language）。朗誦是用口語表現的，而音律也指的是口語這一方面的音律。事實上，書面語並不會發出聲音，所以只有用口誦讀時才有聲韻可言，而文學語言

---

　❺　參見詩鄭風子衿篇孔穎達疏

　❻　莊公入而賦曰：「大隧之中，其樂也融融」，姜出大隧而賦曰：「大隧之外，其樂也洩洩」。

的音律之所以產生，也自然只在「口語」表現這一方面。

1. 形成音律的因素⑦

能夠產生律動作用的聲音質素，可分四方面來說明，那便是「音長」、「音重」、「音高」、「音色」，茲分述如下：

a. 音　長

音長是指語言發音時，在時間上所佔的長度而言的，我們平常說話吐詞，不會每個字的長短都完全一樣，而是有的長有的短，互相配合起來的。所以音長也是指說話時發每一個音所經歷的時間之久暫而言的。音長是構成聲音的四大要素之一，一切的音都沒有絕對的音長，完全是相對比較所得的結果，至於每個語詞聲音的該長該短，則多數決定於各社羣語言的傳統之習慣；至於個別人們的講話的快慢，自然也是決定發音長短的主要因素之一，不過那不是詞與詞的比較音長之異，而是整套發音的快慢之異。如「亦」這個詞的發音比「衣」短得多，這是「語言音長」之異；你說「衣」時比我說得短些，那雖也是音長之異，卻是指個別人們說話的快慢之異，與語言音長之異是完全無關的。

語詞發音的長短之相互錯雜配合，如給以恰當的交錯調配，便會產生音律，如希臘語和拉丁語，是以長短音爲語音之要素的，所以在他們的詩歌中就非常重視長短律，希臘人稱一短一長律爲「iambus」，一長一短律爲「trochee」，二短一長律爲「anapest」，一長二短律則稱爲「dactyl」。漢語中講「平仄」，平聲字較長，仄聲字較短，平仄交錯

---

⑦　參看拙著「語言音律與文學音律的分析研究」(在南洋大學學報第七期，pp. 44-55, 1973, 新加坡。)

固也牽涉到「音高」的問題，但都也是長短的交錯。齊梁詩講究的「前有浮聲，則後須切響」❸，及近體詩所講究的平仄格律，都與語詞音長之交錯調配有極密切的關係。

b. 音　重

音重就是指語詞發音時用力的大小，發音用力大的，則其音強而重；發音用力小的，則其音弱而輕。所以「音重」又稱「音強」，或稱「音勢」。語音的強弱或輕重，表現於音波的振幅大小上時，強音的振幅大，弱音的振幅小；於人們耳膜的接受上來說，耳膜受強音的振動大，受弱音的振動小。音強也是語音形成的四大要素之一。語音的強弱和發音器官的緊張程度及發音時所用的氣力，其大小是成正比的。

以語音的輕重而交錯相配，使成調和的音律，我們稱之為「輕重律」或「重輕律」，英語、法語、德語的詩歌是用音重來表現音律的，法語因為在平常口語中的輕重音不十分明顯，所以在詩歌中特別標明，每一詩格都要強調一個重音；英語和德語因為平常口語中就有明顯的輕重音之別，只要作詩注意用詞，以求其輕重交錯、配合調和就行了。當然，散文也是有音律的，不過散文的音律多數只講究語句的自然，能順暢「上口」，有適當的間歇和停頓，語氣之中有重有輕，這也就是散文「輕重律」的表現了。

在漢語的文學作品中，雖沒有明顯的輕重音律，但在吟詠時，輕重的調和卻十分重要，所以朗誦漢語的文學作品，輕重律仍隱隱地受到重視，只是不像「平仄律」那樣明白載籍討論罷了。

c. 音高

---

❸　參見梁沈約「宋書謝靈運傳論」（「昭明文選」第五十卷）

音高也是形成語音的四大要素之一,所謂音高,物理學上是以「頻率」來計算的。卽是說,在一定的時間內,所發生的音波數或發音體顫動數之多寡,就形成了不同的音高。計算音波數或發音體的顫動數,都以「秒」爲時間單位。在每秒鐘內發出音波或發音體顫動多的,音就高;反之,音就低。所以高低也不是絕對數,而是相對比較的結果。如有甲、乙兩個音:甲音在每秒鐘內顫動一百次,乙音在每秒鐘內只顫動五十次,那麼我們就說甲音的「頻率」比乙音大,也就是甲音比乙音高。從生理的角度來看,人們發音的高低,是因爲人類聲帶的長短、鬆緊、厚薄的不同而產生的。聲帶長、鬆、厚的,發的音就低;聲帶短、緊、薄的,發的音就高。人類聲帶雖是天生的,長短、厚薄無法隨時調整,但要鬆要緊卻可自由控制,因此,同一個人發的音就可有高低的不同。

音高在漢語中所居的地位,比在印歐民族語言中所居的地位重要得多,因爲漢語是以「聲調」辨義的,聲調的形成除了音的長短以外,主要的就是音高,如華語標準語中「媽」「麻」「馬」「罵」四個字,組成它們音節的輔音和元音都是一樣的,音首是〔m〕,音尾是〔a〕,若我們不計其細微的長短之別,那麼這四個字音之所以有別,完全在於音高之異,「媽」是一個高的平調,「麻」是由低升高的調,「馬」是先降後升的調,「罵」是由高降低的調。這裏所謂的升降,便是指音高的升降。於此也就可知「音高」在漢語中的重要性了。

把不同音高的語音調配得恰到好處,便可形成優美的音律,漢語詩歌中的「平仄」格律,主要的就是音高的調配,而「平仄」在近體詩和詞、曲格律中,幾乎是居於最重要的地位,若朗誦漢語詩歌,能特別留意到「音高」的重要性,使高低抑揚各得其所,則作品中的情韻之美也便表露無遺了。

d.音　色

音色就是聲音的質素，或者說是聲音的個性，所以它又稱爲「音質」，也是聲音形成的四大要素之一。

發音體不同，音色也就不同，如簫、鼓、鑼、胡琴各有各的音色。發音的方法和狀況不同，音色也不同：如同一絃樂器，用弓去拉，或用手去彈；絃有鬆緊，共鳴器有大小，音色就都不相同。從物理上的聲學觀點來說，音色的不同，就是顫動形式的不同，或者說是由於音波式樣的不同，波紋的曲折不同。而音波形式的不同，則是隨着「基音」與「陪音」❾之間的強弱比例之不同而產生的。在「單純音」❿中，無所謂音色的不同，通常所謂的音色不同，都是指「複合音」⓫而言的。

音色的運用，在一般語言中可形成音律上的美感，尤其是文學語言中的「諧韻」(Rhyming)，完全是利用音色來造成的，這在詩歌和有韻的文學作品中，是一項不可或缺的要素，所以凡談到音律，首先出現腦中的便是用「音色」形成的「韻脚」，韻脚的運用，無論在中西文學作品中，都居於最重要的地位。

---

　❾　一個複合音是由若干個單純音組成的，而各個單純音的高低都是不同的，在組成複合音的那些單純音中，有一個最低的音，這就是所謂的「基音」，而其餘的那些單純音則稱之爲「陪音」或「副音」。

　❿　在單純振動之下所產生的音，稱爲「單純音」；凡振動的振幅、頻率、相位，和周期都是相等的，就叫做「單純振動」（詳情請參見拙著「語音學大綱」第二章，臺北蘭臺書局民國六十二年（1973）初版。

　⓫　在複合振動之下所產生的音，稱爲「複合音」；凡振動的振幅、頻率、相位，和周期都不相等、不整齊的，就叫做「複合振動」（參見拙著「語音學大綱」第二章）。

討論文學作品的朗誦，自然也得重視音色在語音中的適度表現，朗誦時，凡遇到有韻腳之處，便當把韻腳的音色恰當地朗讀出來，則作品的音色之美，才能完全表露。

2. 音律與感情語氣的配合

無論是「音長」形成的「長短律」，「音重」形成的「輕重律」，「音高」形成的「高低律」，「音色」形成的「諧韻律」，創作時固須與文學作品所表現的感情，及文學語言的語氣相配合；朗誦時尤當把長短、輕重、高低、音色作最適度的表現。關於這一點，我們先得明白人類情感、思想與語言的關係：文心雕龍⑫云：「物色之動，心亦搖焉」，又云：「詩人感物，聯類不窮」，所謂「物色之動」是講景物因四季而常有變動，諸如春花秋月，夏蟲冬雪，人心見景而動，所以說「心亦搖焉」，搖即動也。詩人有感於萬物之遷變，景色之改容，心既因之而動，則為詩作文，聯想類比，也就興起無窮的感情之波瀾，而產生無盡的作品了。這種「心感於物而動」的情景，於近世心理學而言，「感」就是受外物之「刺激」，「動」就是因刺激而產生之「反應」。情感、思想及語言都只是這個「動」的片面，「動」及於腦與神經系統而生意識；意識川流而具體化了之後，便形成了我們通常所謂的思想。而這一「動」若漫延於全身的筋肉與夫五臟六腑等處，便會引起呼吸、循環、分泌、運動等各器官的生理變化，於是就產生所謂的「情感」。若這個「動」漫延至於唇、齒、喉、舌等發音器官，使之以聲音表達所感，這便是語言，所以，文學作品的朗誦，最能表現人類對周遭事物所感受的真切之情，與僅見諸文字之著作而不用聲

⑫　參見文心雕龍「物色」篇。

音朗誦的死寂表達，迥乎其大異。如果是一首眞正的佳作，其鍊字用韻，確能以語音之長短、輕重、高低、音色等把「心感於物而動」的「動」，貼切地表現出來，則用純熟而自然的口語加以朗聲高誦，必能使要表達的情感，表達得淋漓盡致、暢乎其無遺了。至於語氣，它本身就是順着語言情感而作或長或短、或輕或重、或高或低，與夫停頓、間歇、呼吸等而表現的，所以朗誦作品時，就不能不留意語氣與音律、與感情的配合，配合得好，自然便能傳神盡意，澈透髓腦了。

四、律的諧和與誦的自然

　　單就律的諧和來說，就是作品中所調配的音律，必須能盡致地表現所應表現的情緒，表現得恰到好處，就是諧和；表現得不盡致，或表現得不循其道，勉強而不能恰到好處，那就是不諧和。誦是指把已有恰當的音律表現之作品，因語言聲音適切地朗誦出來，朗誦的聲音之表現作品情緒，如能恰如其份，那就是自然的，若該哀怨的地方，朗誦得不夠哀怨；該輕鬆的地方，朗誦得不夠輕鬆；該激昂的地方，朗誦得不夠激昂；該粗厲的地方，朗誦得不夠粗厲，這就是「誦」的不自然，也就是破壞了原作品之律的諧和。所以，「律的諧和」是指作者於作品中對音律的適切調配而言；「誦的自然」是指把有了適切的音律之作品，用語言作恰如其份的表現而言。所以，**好的作品必須要有好的朗誦來配合**，否則，雖然原作品的音律是十分諧和的，而朗誦的人卻把它讀成支離破碎，完全不能表達原作者預期的情緒之表現，豈不可惜？

　　關於聲音與情緒的關係，自有生民以來便已彼人們注意到了，至於用音樂表現情緒，用詩歌謠諺表現情緒，或者用一般動聽的語言組

成散文以表現情緒，其含義都是一樣的。只看你如何地去調配能表達情緒的聲音組織，以高度的技巧，作成樂曲、詩歌、謠諺、散文而已。談到聲音與情緒的關係，我們便會聯想到俞伯牙與鍾子期的知音故事，這是把聲音作高度技巧的表現，作者情緒盡注於聲音之中。此外韓詩外傳又有「瓠巴鼓瑟，而潛魚出聽；伯牙鼓琴，而六馬仰秣。」⑬的傳說，這種說法雖看似神奇，但也不完全是無稽的，因為我們覺得聲音與情緒的確有着某些關係。以前美國的心理學者 Schoen 曾在聲音方面作過實驗，發現動物能隨音調的變動而產生種種不同的情緒與動作。古希臘人分析 C、D、E、F、G、A、B、七種不同調門的音樂，以為C調和愛，D調熱烈，E調安定，F調淫蕩，G調浮躁，A調發揚，B調哀怨。亞里斯多德最推重C調，認為C調最宜於陶養青年⑭。中國人釋五音則如漢代劉歆以為⑮「宮」（C調）音重厚，「商」（D調）音敏疾，「角」（E調）音圓長經貫清濁，「徵」（G調）音抑揚遞續，「羽」（A調）音低平掩映。「變徵」（F調）、「變宮」（B調）未釋。然若據其釋五音之意而推之，則「變徵」由「徵」音之抑揚遞續一變而為浪蕩不羈，與希臘人以為 F 調淫蕩同理；「變宮」則由「宮」之重厚一變而為哀感傷情，與希臘人所謂的 B 調哀怨

⑬　見韓詩外傳卷六「孟子說齊宣王而不說」章。

⑭　詳見朱光潛「文藝心理學」附錄第三章「聲音美」

⑮　爾雅釋樂云：「宮謂之重，商謂之敏，角謂之經，徵謂之迭，羽謂之柳。」清郝懿行爾雅義疏云：「唐徐安樂書引劉歆云：宮者，中也，君也，為四音之綱，其聲重厚，如君之德而為重。商者，章也，臣也，其聲敏疾，如臣之節而為敏。角者，觸也，民也，其聲圓長經貫清濁，如民之象而為經。徵者，祉也，事也，其聲抑揚遞續，其音如事之緒而為迭。羽者，宇也，物也，其聲低平掩映，自高而下，五音備成，如物之聚而為柳」。

亦同。中西文化背景不同，對聲音的感受容有些微之異，除「羽」調的低平掩映與希臘人以爲Ａ調發揚少異以外，其餘大體上都是相近的，於此也就可知聲音與情緒的確有密切的關係了。禮記樂記中有一段話，把聲音與情緒的關係說得十分透闢，其言云：

> 樂者，音之所生也，其本在人心之感於物也。是故其哀心感者，其聲噍以殺；其樂心感者，其聲嘽以緩；其喜心感者，其聲發以散；其怒心感者，其聲粗以厲；其敬心感者，其聲直以廉；其愛心感者，其聲和以柔。六者非性也，感於物而後動。

以上所言，都還是據獨立的音調而言，若把諸音調配合、對比、反稱、遞續而成波動，就更能產生優美的音律節奏，節奏表現於作品中，再用口語的聲音把它朗誦出來，就更能傳達情緒，情緒被傳達得恰到好處的，就是「諧和」；諧和的作品被恰如其份的朗誦出來，便能顯出它的「自然」之本質，而更能感人，而引人共鳴，所以律的諧和，與誦的自然，是作品朗誦過程中十分重要的二大環節，是缺一不可的表現原則。

我們有時會遇到非常不自然的作品朗誦，因爲朗誦者的聲音太過做作，誦聲一起，往往令人周身汗毛直豎，通體鷄皮疙瘩，聽誦者十足地成爲受罪的人，這實在是一件十分痛苦的事。我們所要求的諧和與自然，是要表現得如天籟之音，像大自然的風吹水流，鳥鳴蟲嘶，樹枝搖曳，浮雲過空那樣的諧和，那樣的自然，聆聽的人才能眞正的受用，才會有眞實的美感。所以，眞正高度的諧和而自然的朗誦，應該是個人私自不受任何拘制的誦讀，放情恣意的高誦，自是諧和而自然的。最好不要作當衆的表演，因爲當衆表演卽使再自然，心情還是免不了受周圍聽衆的拘束，而不能澈底盡情地表現眞正的自然的。

五、作品的朗誦

　　所謂「朗誦」，就是指把作品用有聲的語言誦讀出來。語言和感情是有非常密切的關係的，所以一個能體會到作品感情的人，與一個不能體會到的人相比，他們相互間的誦讀效果是差別很大的。從心理學的觀點來說：因為一個人的「感情本能」受到感動時，其「感情之流」就會傳播到全身各器官去，同時也就引起許多相關的生理變化，和心理上的反響。僅就有形跡可求的一方面來說，傳播於顏面上的是哭、笑、皺眉、紅臉、怒目等等；傳播於各肢體的是震顫發抖、舞之蹈之、興奮歡躍、委靡頹唐等；傳播於內臟的是呼吸不勻、血液膨脹、消化受阻、心跳加劇等；而傳播於唇齒喉舌的是發為語言，所以從人身全體的情況來看，語言和顏面表情、震顫跳躍、生理循環、消化分泌等變化是整體的，是平行而一貫的。通常我們提到「語言」，似乎只單純地指唇齒喉舌的活動而言，實際上，嚴格一點說，隨着感情而同時進行變化的許多生理和心理活動，也可以說是「廣義的語言」。如此說來，則知體會作者在作品中所貫串抱注的情感，是絕對不容忽視的，很明顯的。如「過來。」這麼簡單的兩個字的表現，在戰場向敵人挑戰時所說的「過來」與情人口裏柔情蜜意型的口氣所說的「過來」，這其中的腔調、神態，以及生理和心理上的變化之異，何止是差以千里？惟其如此，所以會朗誦作品的人與不會朗誦作品的人，比較起來，他們之間便可有令人出乎想像之外的差別，這也就反映出朗誦之難，及體會作品原意本心之不易了。

　　除情感上的體會須有深入用心的揣摩推想以外，不同文體的作品，其朗誦也往往有異，如散文的朗誦，和詩歌的朗誦須注意它們的特點

和殊異處。

1.　散文的朗誦

　　散文的朗誦，除了如上文之所言，須當揣摩作者於作品中所貫串把注的思想及感情而外，其次便是要注意配合語言的音律，因為任何人在說話的時候，都不是把要說的話一口氣地、不分高低地、不停地說完的；也不是按照音節一個字一個字死板地讀出來的，而是要有適切的停頓或間歇，配以適當的高低抑揚，把話分成許多的小段落，很有節奏地說出來，如：

　　　　王小玉便啓朱唇，發皓齒，唱了幾句書兒。聲音初不甚大，只覺入耳有說不出來的妙境，五臟六腑裏像熨斗熨過，無一處不伏貼；三萬六千個毛孔，像吃了人參果，無一個毛孔不暢快[⑯]。

這一段話如依說話的音律節奏，和說話時的呼氣間歇來看，它的節奏間歇應該是這樣的：

　　　　王小玉｜便｜啓朱唇——｜，發皓齒——｜，唱了｜幾句書兒——｜。聲音｜初｜不甚大——｜，只覺｜入耳｜有｜說不出來的妙境——｜，五臟六腑裏｜像｜熨斗熨過——｜，無一處｜不伏貼——｜；三萬六千個｜毛孔——｜，像｜吃了人參果——｜，無一個｜毛孔｜不暢快——｜。

以上加一橫線處，是表示停頓的時間略久，是通常標點符號的句逗之處，其餘用直線隔開的地方，都是一個詞的獨立性的間隔，這是故意

[⑯]　見「老殘遊記」第二回「歷山山下古帝遺跡，明湖居邊異人絕調。」

把語言的節奏放慢了來看是如此，這正如電影上的慢鏡頭，放慢了以後可以特別明顯地看出微小的分節動作。如果按正常的說話速度來看，這種微小的間歇段落是不易感覺出來的，但正常而諧和的語言，它必然是朝這個方向去走的，縱然有一點點小的不合節奏，留心聽的人馬上便可感覺出這其中的毛病。這種適切的間歇，不完全是標點符號斷句的地方，它比斷句的間歇次數多得很多，且在正常的說話速度中，它的間歇沒有標點斷句那種間歇的明顯，但事實上這種間歇卻確確實實地存在，而且是十分自然而諧和地存在於說話的進行之中。這就是語言的音律，散文的朗誦，須特別重視這一點，否則說話便不會生動，不能令聽者悅耳。

白話的節奏間歇固如前述，同樣的，文言也是有間歇和節奏的，茲亦舉例說明如下，如：

晉太元中，武陵人，捕魚為業。緣溪行，忘路之遠近；忽逢桃花林，夾岸數百步，中無雜樹，芳草鮮美，落英繽紛，漁人甚異之❼。

要是以語言的節奏標出符號來，它應該是這樣的：

晉｜太元｜中——｜，武陵人——｜，捕魚｜為業——｜。緣溪｜行——｜，忘｜路之遠近——｜；忽逢｜桃花林——｜，夾岸｜數百步——｜，中｜無雜樹——｜，芳草｜鮮美——｜，落英｜繽紛——｜，漁人｜甚異之——｜。

以上所舉有關白話與文言的兩段話，只是籠統地說明了「停頓」

---

❼　見陶淵明「桃花源記」

的節奏，其實語言的音律節奏是多方面的，諸如「音的長短」、「音的輕重」、「音的高低」、「音的質素」、「音的節拍」等，都是表現語言音律的重要因素。在表現的過程中，又因爲我們在進行語言活動時，有生理上的呼吸之要求，一呼一吸自然地節制着語言的節奏；又有「語義」上的「詞位」的完整性之要求，如前文的「忘路之遠近」「中無雜樹」，只能讀成「忘」「路之遠近」，「中」「無雜樹」；而不可讀成「忘路」「之遠近」，「中無」「雜樹」，這就是因爲「語義」和「詞位」上的要求。

總而言之一句話，在散文的朗誦這一方面：當我們明白了音律節奏的要點、因素及其重要性之後，便必須注意它們的存在，發揮它們美的藝術，以使作品的語句更加生動、更能引人共鳴，特別強調「自然」「諧和」，合情合理，若朗誦的結果能令人一聽便生美感，那也就是散文作品朗誦的成功了。

2. 詩歌的朗誦

詩歌，因爲是特別強調音律的一種文學作品，所以在朗誦時固不同於普通說話，卽與散文的朗誦，也大大的不同。因爲詩的性質之異，有特別重視音樂節奏的，也有只是止於語言節奏的。一般的情形是：純粹的抒情詩近於歌，因此音樂的節奏也就重過語言的節奏；敍事詩和歷史詩近於說話，則語言的節奏重過音樂的節奏。除此之外，時代的不同，誦詩的習慣也往往有異，古代多習於歌詩，今世多習於誦詩；歌重音樂的節奏，而誦則重於語言的節奏。西洋人很重視誦詩，視誦詩爲一種專門的藝術，以前我曾與一位西洋文學系的教授鄰居，他專門下功夫研究英法文學的音律，他時常擊着「節拍」敎學生如何朗誦詩歌，但許多研究中國文學的人卻很少注意到這一點，原因是中國人

向來沒有像西洋人那樣講究朗誦，一般誦詩，都如和尚唸經，各自為政，忽略音樂及語言的節奏，但作詩時則十分重視平仄及用韻的格律，這種現象有時會破壞與「語義」「情感」「意境」有關的活節奏，而只把握到一個刻板模式的死格律，所以大詩家往往寧願出拗句，也不願破壞情境及靈活的節奏就是這個道理。新體的白話詩，尚沒有格律的定格出現，但音律節奏的重要性總不會例外的。

　　音律節奏既隨詩句的「語義」、「情感」及「意境」而改變，則讀詩時就須事先細審作品的詞語、用意，以及所特別強調的感情及境界之美。如：

　　　　　床前明月光，疑是地上霜；舉頭望明月，低頭思故鄉[18]。

這首詩的第一句是事後追述的（因為事前不知是月光），所以並無猜疑之意，誦時宜直落順下，不稍疑滯；第二句則是事前不知床前為何物，疑惑猜測，以為地上凝霜，但又不敢肯定，故音調須由高昂起，而漸次低抑緩慢，以示疑測之情；第三句為無意之間抬頭，忽見明月，故「望明月」三字宜快讀，「月」字入聲調，故讀到「月」字時即戛然而止；第四句則因前句之見明月，而思及故鄉家人，故整句均須低音緩慢以顫抖音誦讀，到最後一字韻腳可略放宏亮，以求諧韻音色之美。句式約略如下：

　　　　　床前——明月光，疑是——地——上——霜——；舉頭——
　　　　　望——明月，低頭〰〰〰思〰〰〰故〰〰〰鄉〰〰〰。

這只是揣摩，未必盡善。不過如能深入思考，把握詩中的情感真意，

────────────
[18]　李白「夜思」（見唐詩三百首，五絕。）

則任何一首詩的音律之美，都能畢現無遺的。

其它如宋詞、元曲，揣摩作品中的情境，注意它們的音律，道理都是一樣的，在此一短文之中，自不煩一一舉例說明。至於今世的白話詩，則多數是語言的節奏重於音樂的節奏，誦讀時宜多注意語氣與感情的配合，把握意境的深義，以抑揚遞變的節律，而發揮其情節的律動作用，也就自能引人入勝了。

六、結　論

音律是語言內在的成素，只要有語言的活動發生，就必然有語言的音律存在。但我們卻不能因為語言中自然有着音律，就不必特別去重視它。事實上，儘管語言中自然就有音律，卻須人們去特別強調它，才能更生動，更引人入勝，否則，說話仍將是死氣沈沈、催人入夢的。文學作品是用一般語言來表達的，所有的作品，無論散文或詩歌，它們都不是紙上談兵而已的，應該進而用有聲的語言去表達，才是作品真正全面的表現，所以，作品的朗誦，在任何一時代，都是不可或缺的重要環節。根據前文的討論，我們知道：作品的朗誦，須特別注意自然、諧和、節奏、音律，而音律節奏以適切的聲音來表現時，須提起語言律動的全面，從生理上的神經中樞，以至於全身肌理體膚、循環分泌，與夫唇齒喉舌的發音相配合，使達致與心理上的感情思想作最相宜的契合，以求情感意境都能表現到淋漓盡致的地步，不誇大，也不委瑣，表現得恰如其份；簡單一點兒說，就是朗誦出來能使聽者悅耳，感覺自然而不拗逆，能和順暢意地引發聽者的感情思想，使與作品內容融和貫通，而起真正的共鳴之感，這也就是作品朗誦的至高表現了。　　　　　　　　一九七七年元月二十日於星洲雲南園

叁、韻文音律的教學問題

一、前　言

「音律」是一個比較專門的問題，卻是「韻文」中特顯重要的問題。在華文的韻文當中，包涵的種類頗多，先秦的經籍及諸子文中，早已有片段的押韻文字出現，諸如尚書❶中的：

> 無偏無頗，遵王之義。無有作好，遵王之道。無有作惡，遵王之路。無偏無黨，王道蕩蕩。無黨無偏，王道平平。無反無側，王道正直。會有其極，歸有其極。

又如老子❷中的：

> 孔德之容，惟道是從。道之為物，惟恍惟惚。惚兮恍兮，其中有象；恍兮惚兮，其中有物。窈兮冥兮，其中有精；其精其真，其中有信。

這些都是先秦古籍中可見的押韻文字。至於通篇押韻，則如詩經、楚辭，可說已是華文押韻文字的鼻祖了。詩、騷以下，如秦世的銘文，兩漢的大賦，樂府詩歌，乃至於六朝的短賦，五七言古詩，唐世的近

---

❶　見尚書洪範篇。
❷　見老子道德經第二十一章。

體律絕，宋詞元曲，均歸屬於韻文的範圍之內。

華文的教學，散文與韻文不同，散文的教學，只要訓釋章句，剖析內容，說理者疏導其理路，以令學生接受、了解；抒情者引發其情思，以使學生共鳴、同感，則也就算是大體成功了。教導韻文則不同，除了訓釋章句、剖析內容而外，更當從作品的用韻、平仄、對偶以及誦讀方面去作深一層的解說闡明，使學生能欣賞情節、修辭、內蘊之美以外，更進一步地能接受其「音律」之美，從音節的高低抑揚、長短緩急中，體會其音律與情感之關繫；從朗聲緩讀中，得其呀徐咏嘆之情，涵泳長歌之美。事實上，比較好的韻文，其「情」之傳達，「美」的表現，都不完全在文辭字句之間，而是在音聲的疾徐緩急、韻律的高低抑揚之中。於此也就可知，教學韻文時之分析用韻，闡述平仄、說明對偶、示範朗讀是如何的重要了。

韻文中的音律❸，簡單地說，可分「用韻」、「平仄」、「對偶」三方面來說；但音律的實際體現，卻須靠具體的聲音來表示，所以眞正的音律之美，是要朗誦才能表現出來的，因此「朗誦」也就成了教導韻文不可忽視的一個環節了。玆爲說明方便起見，分別以「用韻」、「平仄」、「對偶」、「朗誦」四方面，闡述於後。

二、用　　韻

通常，形成詩歌之音律的，可分四方面。其用聲音的長短而調配成的音律，稱之爲「長短律」或「短長律」；用聲音的強弱而調配成

---

❸　參見拙作「語言音律與文學音律的分析研究」一文（在南洋大學學報第七期內）。

的音律，稱之爲「輕重律」或「重輕律」；用聲音的高低而調配成的音律，稱之爲「高低律」；用聲音的音色調配成的音律，稱之爲「音色律」或「諧韻律」。「音色律」在詩歌中的表現，就是「用韻」。

　　凡是一個「音節」中，從「音峰」❹到「尾音」這一部份，與另一「音節」從「音峰」到「尾音」之完全相同的音節，就可以用之爲「押韻」的韻脚。「押韻」在詩歌中是一個極爲重要的部份，不論世界上任何民族的語言，當它們作成詩歌時，便都會注意到用「韻」的問題，因爲「音色」在詩歌中成規律性的出現，便會形成音律上的美感，同時也便於誦讀，易於記憶，利於背誦。

　　華語是「單音節」的語言，所以華文也是「單音節」的文字，每一個字剛好是一個「音節」，因此約略的分析，一個字剛好可以分成兩部份，前一部份（initial）稱之爲「聲」，後一部份（final）稱之爲「韻」。凡是同韻母的字音，若不計其「介音」（medial），則其後一部份的「音色」都是相同的，那麼拿它們來作爲詩歌的「韻脚」，也就很合用的了。如「絃」、「年」、「鵑」、「煙」、「然」五字，去掉了它們的聲母，則它們的韻母是〔—ian〕、〔—ian〕、〔—yan〕、〔—ian〕、〔—an〕，它們的共同「音峰」是〔—a—〕，音峰前面的〔—i—〕或〔丨y—〕是「介音」，介音的不同，並不影響「音色」的相同或相近，因此這五個字的共同部份就是〔——an〕，它們就算是同韻的字，所以李商隱的「錦瑟」一詩就用此五字爲韻脚，詩云：

　　　　錦瑟無端五十絃，一絃一柱思華年。
　　　　莊生曉夢迷蝴蝶，望帝春心託杜鵑。

---

　　❹　指一個音節中響度最大、緊張到最高程度的音素，通常漢語中的音峰都在「主要元音」上。

　　　　滄海月明珠有淚，藍田日暖玉生烟。

　　　　此情可待成追憶，只是當時已惘然❺。

又如杜甫「登岳陽樓」❻云：

　　　　昔聞洞庭水，今上岳陽樓。

　　　　吳楚東南坼，乾坤日夜浮。

　　　　親朋無一字，老病有孤舟。

　　　　戎馬關山北，憑軒涕泗流。

此中的二、四、六、八句末尾的「樓、浮、舟、流」四字，它們的韻母是〔—ou〕或〔—iou〕，但音峰〔—O-〕以後的「韻」是〔—ou〕，所以是同韻的字，拿它們來作「韻脚」，可以很明顯地聽出它們音色的相同，這些音色相同的韻脚，在詩歌中隔一句出現一次，隔一句出現一次，使音色相同的韻脚在詩中成規律性的出現，而音色所產生的音律之美，也就因而形成，這便是音色律的妙用。

　　漢語詩歌的押韻情形，因爲時代的不同，歷代語音的變化，因而各時代的韻語之運用也頗有區別。若以時代的區分而言，大抵先秦爲一時期，兩漢爲一時期，隋唐爲一時期，宋元明清諸朝代俱因各時代語音的演變之異，而可從詞、曲、民歌中看出它們韻語的不同。而且六朝以來，已有人撰集韻書，今存最早的韻書爲隋代陸法言的「切韻」，切韻以下，代有增益改編，編撰的方式固不相同，卽用韻的寬嚴、因革，亦各自有異。只要懂得用韻的道理，則各時期的韻之可求索、參考者正多，指導學生了解「用韻」的意義，亦不是什麼大困難的了。

------

❺　李商隱「錦瑟」參見唐詩三百首「七律」部份。

❻　杜甫「登岳陽樓」參見唐詩三百首「五律」部份。

三、平　仄

　　以前的人把漢字因聲調之異而分成兩類，屬於「平聲調」的，稱之爲「平」；屬於「上、去、入聲調」的，合稱之爲「仄」。聲調的形成，主要在於「音高」(pitch)，所以「平仄律」的主要特徵就是「音的高低」之調配。但是聲調的不同，除了「音的高低」之外，實際上還有「音的長短」之異的成分在其中，前人「辨四聲」的歌訣❼云：

　　　　平聲平道莫低昂，上聲高呼猛烈強，

　　　　去聲分明哀遠道，入聲短促急收藏。

從上舉歌訣的「平道莫低昂」、「高呼猛烈強」的「平道」和「高呼」可以看出來，聲調的確是與「音的高低」有密切關係的。但從「哀遠道」和「短促急收藏」看來，其與「音的長短」的關係也十分密切。但終因這四句歌訣只是一種模棱的譬況，而不是眞實具體的語音之描寫，所以聲調在「音高」與「音長」之間各佔多少成分，也就難以具體捉摸了。今人趙元任先生，以實驗語音作基礎，把漢語各類方言以「音高」之異，而用「五點制」❽的符號表示出來，很明顯地顯示出聲調之間的相互之異，其主要因素在於「音高」的不同。但聲調在語言的表達過程中，因爲調值的升高或降低，在時間上的長短之異也是頗有不同的，「時間」長短的不同，正是「音長」之異，所以我們可以很肯定地說：「聲調」與「音長」也是有關的。

　　不論聲調的形成是「音高」居多，抑或「音長」居多，或是「音

---

　　❼　參見康熙字典卷首「分四聲法」。

　　❽　參見拙著「語音學人綱」第十章（臺北蘭臺書局民國六十三年版）。

高」、「音長」的成分都差不多。我們說「平」和「仄」在詩句中交互出現，能使詩句的音調之高低及長短產生抑揚變化之美，是絕對可肯定而無疑義的。

各時代的韻文，自有各時代的韻律法則，詩經、楚辭、秦銘、漢賦等的韻語，近世已有很多人在歸納，而有古韻三十部❾，及其它超乎三十部或少於三十部的不同；漢代韻語、六朝韻語亦有從事歸納研究者❿，唯先秦兩漢韻文之平仄，則至今尚未有人作系統性的歸納研究，事緣平仄一事簡明易知，見字便可一目了然，如要模擬漢賦、秦銘，只消略一觀覽，其平仄之調配方法，也就舉手可得，不勞費神苦思了。

至於古體詩、近體詩、宋詞、元曲等的平仄調配之法，坊間自有數不清的「論音律書」可買可用，諸如「作詩填詞法則」、各類「詞譜」、「曲譜」等，學會並不難，主要還在如何去了解「平仄之所以要作適切調配」的因由，進而融會貫通，講解其所以然的道理給學生知道，這是教韻文的老師所不可忽略的問題。

四、對　偶

漢字除了單音節為其特徵外，每個字的形體有一定的大小，都是相同體制的方塊字，這也是特徵之一。因為單音節，方塊體，所以能產生他種文字所沒有的「對偶」之美。「對偶」在表面形式上看，只

---

❾　參見拙著「中國聲韻學大綱」第十四章（臺北蘭臺書局民國六十年版）

❿　如羅常培、周祖謨合著的「漢魏南北朝韻部演變研究」（科學出版社1958年版）。

是整齊對稱而已；若深一層去看，則更有詞性的對仗、意義的對仗、音律的對仗等等，如果能深入地去了解它的底細，那其中之美，眞是一言難盡，美不勝收的。

「對偶」往往也被列爲韻文音律中的重要部份之一，實際上，「對偶」之屬於「音律」範圍中的，只是「平仄」和「用韻」而已，至詞性的對仗、意義的對仗，實在不入「音律」的範圍，但凡講韻文格律的人，講到對偶部份除了講平仄、用韻之外，更重要的還是在講「詞性」與「意義」的對仗。

前人把「對偶」句分爲幾個類別⑪，有關於音韻的，如雙聲、叠韻的對句是；有關乎名義及詞性的，則如正名、同類、異類等的對句是；有關於叠字連詞的，則如連綿、雙擬、隔句、回文等的對句是。玆約略舉例如下：

（一）雙聲對：「綠柳」與「黃槐」對。

（二）叠韻對：「放曠」與「彷徨」對。

（三）正名對：「天」與「地」對，「日」與「月」對，「男」與「女」對。

（四）同類對：「花葉」與「草芽」對。

（五）異類對：「風織池上字」與「蟲穿草上文」對，此中「風」「蟲」「池」「草」均不同類。

（六）聯綿對：「赫赫」與「蕭蕭」對。

（七）雙擬對：「春樹春花」與「秋池秋月」對。

（八）隔句對：「相思復相憶，夜夜淚沾衣。」與「空嘆復空泣，

⑪　參見劉大杰「中國文學發展史」第十三章，pp. 317-318（臺灣中華書局民國四十五年版）。

朝朝君來歸。」對。

　　(九) 回文對:「情新因意得」與「意得逐情新」對。

　　此種分類,只是一個粗略的舉例而已,實際上,這其中的複雜情況,絕對不像上舉各例那麼簡單,時人集「三星白蘭地」與「五月黃梅天」兩習見語為對,試觀察其中之數目字與數目字相對,天文類的「星」與「月」相對,顏色字「白」與「黃」相對,花卉類的「蘭」與「梅」相對,而「白蘭」與「黃梅」又相對,「天」與「地」相對;「白蘭地」是一種酒,屬名詞,「黃梅天」是一種氣候,也屬名詞,兩名詞又相對,真可說是美不勝收的佳句了,如若在音律上更能做到「平仄」的完全諧調的話,幾可說是佳妙到天衣無縫的程度了。當然,這我們儘可能地把它看成是一種文字遊戲,但其中也不能說完全沒有道理,現在的人,也許並不喜歡這些似乎是鑽牛角尖的問題,但雖小道必有可觀者焉,更何況這並不是小道呢? 若說到對偶句子的精妙處,不作深一層的探索剖析,是很難把握其精妙絕倫的高義的。若老師為學生講解韻文,把這些菁華部份都棄而不顧的話,豈不遺其精粹而取其糟粕了嗎? 講解對偶的重要性,豈不顯而易見的嗎?

五、朗　　誦

　　無論「諧韻」、「平仄」,它們表現在韻文作品當中,就是要使音節與音節在調配的過程中,產生「音色」的諧和,「音高」的高低間出,「音長」的長短交互,而形成節奏上的優美音調。這種使聲音之有節奏上的調配之美,固是用文字以書面方式寫出來的,但若要真正地得其音聲之美,便非憑藉口齒之吟誦不可。所以詩歌「音律」的表現是不能治之以目,而非治之以口耳不可的。既需治之以口耳,則

必需口誦、耳聆相配合，長歌短咏，緩吟急誦，配合語氣、感情，與夫辭義上的各種需要，以最合乎自然的諧和原則，把作品朗誦出來，則韻文之所以爲韻文之美，才能全面性地表露無遺。

如此說來，朗誦詩歌豈不是非常的不容易嗎？當然，如果要抑揚頓挫、疾徐緩急與語義、感情完全配合，而且要把原作者的感情徹底體悟，然後用聲音絲絲入扣地表達出來，的確是很不容易的。但朗誦詩歌、韻文，也自有它容易的一面，因爲原作品中的「韻語」、「平仄」本已作至善的安排（凡傳世佳作當作如是觀），文字自身的音腔本已具載了感情的適度表達，縱使怎樣不會朗誦的人，只要能讀出文字的聲音，適合傳統的平仄四聲，音律之美和感情的傳達，也便自然汩汩而出，毫無窒礙之虞了。所以，除了專門向大庭廣衆「表演朗誦」，需要特別對原作品加以揣測探索其深意外，普通的朗誦，只消高聲暢懷地讀下去，也就可以把握作品音律的適度之美了。不過，這其中必須把握一個簡單的原則，那就是不要怕人聽見，要盡意地放開聲音和情緒，令其「極頂自然」地，像行雲流水似地，一字一音地朗誦出來。

關於朗誦，必須特別加以鼓勵。今日的各級學校，已經很少能聽到琅琅的書聲了，除了小學一二年級還偶而可聞朗誦聲外，較高的年級，幾乎已與朗誦聲絕了緣，平時不練習朗誦，偶而遇到一兩篇需要朗誦的韻文，也就不敢出聲朗讀了，因此，在今日，特別是在新加坡，出聲朗誦，實在需要特別鼓勵。

另有一點須特別注意的是：如是古代的韻文、詩歌，最好能把「入聲字」特別讀出來，因爲絕大多數的詩歌韻語，「入聲字」是獨具一格，音律的表現是不同於其它三個聲調的，尤其是那些押「入聲韻」的韻文和詩歌，如果用標準華語去讀，那麼，它的音韻之美，將會被你破壞得面目全非了。因爲現代的北方官話是沒有「入聲調」的，而

標準華語正是「北方官話」的一種，這是不可不注意的一點。就因這樣的緣故，所以誦讀韻文，有時實在還不如用南方的方言來讀，反而更能表現音節與音節之間的音律之美。至於根本就用現代的標準華語寫的新詩，自然另當別論，因為既是用標準語寫的，則用標準語誦讀，當然是不會因音而害義的。

<h2 style="text-align:center">六、後　語</h2>

學然後知不足，敎然後知困。筆者執敎大學二十年，而濫竽南洋大學也十餘年了，其間時常接到中小學的敎師們（多為筆者學生）的電話或函件，詢及各時代的韻文敎學問題，實際上這些都是他們在大學裏修讀過的，只是時久易忘，或一時未能作系統性的融會貫通，因此也就臨時不知所措了。音韻之學，自來都被人誤會為傷透腦筋的可畏之途；事實上，音韻之學比其它高境界的哲學思想要容易了解得多，只看學習的人有無興趣，要說穿了的話，它實在只是一點兒死工夫罷了，稍為多展閱幾部書，一切問題便多可迎双而解，只是這一個「畏」字最要不得，去除了「畏」的心理以後，根本就談不上難。本文所提到的，都是一些敎學韻文的原則性問題，至於具體的「用韻法則」、「調平仄法」，通行的作詩填詞參考書籍很多，自非本文所能具載。而敎學韻文時該如何重視韻文的音律，如何把這些音律的優美處介紹給學生，則只要敎者本身把音律之理貫通了以後，敎出去的自必得心應手。至於講解韻文音律的如何重要，則前文已經備述，此處也就不贅了。

一九七七年十一月一日於星洲雲南園

肆、韻語的選用和欣賞

　　平常，我們在閱讀韻文的過程中，很自然地會覺得韻文比散文要流利而易於背誦，韻文中除了平仄調和以外，韻語自然是它的精髓所在，通常我們只注重欣賞整個詩文情節、意境的表現，很少人會去注意韻語的含意的。幾次，我似乎從韻語中發現了一些特殊的情節，但始終說不出這其中的道理來，後來讀了清代「段玉裁」氏的「說文注」，使我豁然地發現了問題的所在，段氏在注解「許氏說文解字」時，提出了幾個我國文字中「聲義有關」的條例，其一是說「聲義同源」之說，段氏說：「聲與義同源，故凡形聲之偏旁，多與字義相近，此形聲、會意兩兼之字致多也」。其二是說：「凡字之義，必得之於字之聲」，段氏在「聰」字下注說：「囪字多孔，悤者空中，聰者耳順，義皆相類」。其三是說：「凡從某聲之字，皆有某意」，說文：「翎，羽曲也，從曲句聲」，段氏注曰：「凡從句者皆訓曲」，如「句：曲也」，「跔：天寒足跔也」：「拘：拘拘不申也」，「筍：曲竹，捕魚具也」，「鉤：曲鉤也」等是。

　　若是段氏以上所舉各條例果是確切可靠的話，那麼，我們欣賞或是製作詩、詞、歌、賦等各類韻文中的韻語，也可歸納成如下的類目，而這一些類目中的韻語，我們可以完全從字音中去揣摩全詩用韻的情感和思緒了。

　　一、凡「佳、哈、」韻的韻語都有悲哀的情感，（凡平上去和承之韻均並論不更分述，以下二、三、四……類倣此），但因這兩韻的

發音，開口較大，所以適用於含有發洩意味的作品，辭彙可舉「悲哀」「掩埋」「陰霾」「空壙」「頹衰」「黃埃」爲例，以詞來說，我們可舉李煜的「浪淘沙」來表明用這種韻語的情調，浪淘沙：「往事只堪哀，對景難排，秋風庭院蘚侵階，一桁珠簾閒不捲，終日誰來。金劍已沈埋，壯氣蒿萊，晚涼天淨月華開，想得玉樓瑤殿影，空照秦淮」。

二、凡「微、灰」韻的韻語，都含有氣餒抑鬱的情思，如「頹廢」「流淚」「深垂」「累贅」「細微」「破碎」「憔悴」等辭是，這個我們也可舉出李後主「菩薩蠻」中「故國夢重歸，覺來雙淚垂」二語爲證。

三、凡「蕭、肴、豪」韻的韻語都含有輕佻、妖嬈之意，如「逍遙」「罵俏」「窈窕」「妖嬈」「嬌小」等辭是，南宋時姜白石有一首詩說：「自作新詞韻最嬌，小紅低唱我吹簫，曲終過盡松陵路，回首煙波十四橋」，這其中也就略微表現出這一類韻語的情調了。

四、凡「尤、侯」韻的韻語，都似乎含有着千般愁怨，無法申訴的意味似的，最適用於憂愁的詩，辭彙可舉「憂愁」「消瘦」「更漏」「眉皺」「悠悠」等爲例，至於現成的作品則我們可以看看李後主的「相見歡」中說：「無言獨上西樓，月如鉤，寂寞梧桐深院鎖清秋。剪不斷，理還亂，是離愁，別是一般滋味在心頭」，也就大抵可以明白這一類韻語的含意了。

五、凡「寒、桓」韻的韻語，都含有黯然神傷，偷彈雙淚的情懷，適用於獨自傷情的詩，如「悽慘」「更殘」「闌珊」「天寒」「日晚」「辛酸」「心煩」「孤單」等辭是，而現成的作品則看李後主的「浪淘沙」：「簾外雨潺潺，春意闌珊，羅衾不耐五更寒，夢裏不知身是客，一晌貪歡。獨自莫憑闌、無限江山，別時容易見時難，流水落花

春去也，天上人間」。

六、凡「眞、文、魂、」韻的韻語都含有苦悶、深沈、怨恨的情調，如「長恨」「黃昏」「紅塵」「孤墳」「酸辛」等辭是，張先的「南鄉子」說：「潮上水淸渾，棹影輕於水底雲，去意徘徊無奈淚，衣巾，猶有當時粉黛痕。海近古城昏，暮角寒沙雁隊分，今晚相思應看月，無人，露冷依前獨掩門」。這也就大致可以表現出這一類韻的含意了。

七、凡「庚、靑、蒸」韻的韻語都含有一種「淡淡的哀愁，似乎又有相當理智」的情愫，「凄淸」「精明」「長亭」「空庭」「鬢影」「深情」「酒醒」等辭是。張先的「天先子」說：「水調數聲持酒聽，午醉醒來愁未醒，送春春去幾時回，臨晚鏡、傷流景，往事後期空記省。沙上並禽池上暝，雲破月來花弄影，重重簾幕密遮燈，風不定，人初靜，明日落紅應滿徑」，這不是淡淡的哀愁嗎？

八、凡「魚、虞、模」韻的韻語都含有日暮途窮，極端失意的情感，如「日暮」「孤苦」「末路」「濃霧」「朝露」「老樹」「窮途」等辭是，柳永的「竹馬子」說：「登孤壘荒涼，危樓曠望，靜臨煙渚。對雌霓挂雨，雄風拂檻，微收煩暑。漸覺一葉驚秋，殘蟬噪晚，素商時序。覽景想前歡，指神京，非霧非煙深處。向此成追感，新愁易積，故人難聚，憑高盡日凝竚。贏得消魂無語，極目霽靄霏微，瞑鴉零亂，蕭索江城暮。南樓畫角，又送殘陽去」。

以上所舉八類，大致都是依各韻字音的特質而定其含意的，因爲限於篇幅，而且我們只是舉例，自然不必贅述，尚未提出的各韻，讀者只消自加模擬推求，也就可以得其眞意了。聲音可以表達感情，而段玉裁氏又說文字的聲音和意義有着密切的相關作用，因此，用這種方法去欣賞韻語，爲作時用這種法度去選擇韻脚，總要比任意選用好

些，而且，依照這條路線去走，可能還會發現更多的奧秘和情趣，不過，這得看對這方面有興趣的人自己去發掘了。

「華僑教育」民四十七、七、二十

伍、如何自國語音中辨四聲

近來，有好些同學正在從事詩的習作，但苦於四聲之莫辨，而敎詩的先生則又礙於鐘點之有限，不便從「辨別四聲」敎起。當然，到了大學二、三年級了，辨別四聲的能力，似是應當早已具備了的，那能還從學詩的點鐘中派出「辨四聲」的時間來呢？

但是，我聽了同學的意見以後，似乎又更有理由，原因是：

中學六年，史地理化、生物英數，在所並習，外加體育音樂，軍訓操作，學習國文的時間本就極少，詩詞韻文，更是無緣以接觸了。入大學後，雖是專修中文，但一年級多爲普通課程，二年級（夜間部是三年級）開始，突然來一箇詩的習作，對「辨四聲」「調平仄」，自然是茫然的。豈能與前代單修國文的童生同日而語呢？

這話實在是很有道理的，不過，敎詩的先生在幾小時的課中無法派出時間來敎「調平仄」「辨四聲」也是實情。於是有些同學在課外求敎於我，我呢，凡是向我問及此一問題的，都是回答同樣的幾句話，現在不妨把它寫在下面：

現在通行的國語，與詩詞中所謂的四聲相較，國語只有「平上去」三聲，而「平聲」是分「陰」「陽」的，「上去」二聲則未分。

詩詞中的所謂四聲是「平上去入」，「平仄」則是以四聲中的「平聲」爲「平」，以四聲中的「上去入」聲爲「仄」。

　　從國語音中去辨四聲，定平仄，問題最大的是「入」聲，因為前面說過，國語實際上只有三聲，那麼原有的「入」聲字到那兒去了呢？

　　原來在元曲的字音中，有「陽上作去」、「入派三聲」之例的，元代北曲所用的字音，很接近現在的國語，所以現在國語中的「陽上」也是作「去」的，而「入聲」也是派到「平上去」三聲中去的。

　　所謂「陽上作去」者，是說「陽上」聲之字讀作「去聲」，如「動」讀作「洞」，「似」讀作「寺」，因為「動」「寺」都是「陽上」之故。周德清著「中原音韻」，於「動奉丈像是市似漸」諸陽上聲字皆列去聲部。作詩只分平仄，「上聲」固是「仄聲」，變為「去聲」以後，也還是「仄聲」，這不能辨別，倒也不礙音律，但到填詞的時候，有許多「詞牌」是「依四聲」的，那就不能「上」「去」不辨了。

　　所謂「入派三聲」者，是說北方無入聲，入聲之字皆派入「平」「上」「去」三聲之內去了。如「渴」「白」「熱」皆入聲字，而「渴」讀上聲，「白」讀平聲，「熱」讀去聲。蓋依各字之聲紐的清、濁來分派，凡清聲之「入」皆讀作「上」，「見溪端透知徹幫滂非敷精清心照穿審影曉」十八紐所屬之字是。次濁之「入」皆讀作「去」，「疑泥娘明微喻來日」八紐所屬之字是。全濁之「入」皆讀作「平」，「羣定澄並奉從邪狀禪匣」十紐所屬之字是。證之元人曲文及今日北方方語與現行之國語，大抵如此。

　　那麼，如何從國語中把四聲和平仄辨別出來呢？我想，現在的人，經過南北逃亡，長途跋涉之後，每個人至少能說一些南方的方言，如果能說一種以上的南方方言，那麼你就可以把你正在使用中的國語，用方言去讀讀看，凡是國語在「去聲」的字，用南方方言一讀是「上聲」的，那就馬上把它恢復到「上聲」中去，這就解決了國語中「陽上作去」的問題了。

　　至於在國語中「平上去」三聲裏頭所包含的「入聲」字，我們也必須借助於南方方言的音讀來辨別，那就是說在國語的「平上去」三聲中，我們用南方方言一讀，發現其中有一種讀音「極其短促」，甚而還帶有「p. t. k.」的韻尾的，那就是「入聲」字，如「牧棘若祿淑七必垤弗瞎葉緝盍納習」等是，凡讀到這一類字，我們就把它恢復到「入聲」中去，那麼「入派三聲」的問題也就迎双而解了。

　　四聲旣能明辨，則「平」「仄」之分也就不是困難的事了。

　　　　　　　　　「夜聲」雜誌七期　民五十二、五、二十

陸、從文鏡秘府論中看平仄律的形成

一、前　　言

在中國文學的領域裏，有意識地運用四聲，使詞語用字能做到音節的諧和，富有抑揚頓挫、高低升降之美的事，時際應該是在漢代以後。所謂文學上的音律之美，在詩經、楚辭時代，詞語的音節並非不諧和，但其諧和卻不是有意識的用人工調配而成，乃是因為出語自然音韻天成，不事人為的巧飾，而出於自然的天籟之音。所以，我們討論文學的音律，可以把詩經、楚辭以及兩漢的韻文，作深入的分析，而獲得其音韻調配的條例，卻無法找出一部古代的「韻文法則」之類的參考書籍，原因是古代並無固定可循的「成法」以供作詩文者的資用，在詩文中所產生的音節之調和、音韻的恰當，都在為文者本身之信手拈來，如大自然界的風吹、獸號、水流、鳥鳴一樣地出於天然，不必藻繪粉飾，與後世的取韻配音，刻意雕琢，自然是迥乎大異的。

所以，提到中國文學的音律，凡有典籍可稽，有成法可考者，總在兩漢以後。魏李登作「聲類」❶，為中國最早的一部音韻典籍，書雖已亡佚，然其內容大抵可推知與梁沈約之「四聲譜」相去不甚遠，其撰集的目的在於供作詩文者辨別四聲、調音取韻之參考，然當時討論聲律之風尚未大盛，且李氏書中內容之詳情今已不知，所以進一步

---

❶　封演聞見記云：「魏時有李登者，撰聲類十卷，凡一萬一千五百二十字，以五聲命字。」

的情況也就很難考知了。討論音律的全盛時期，是在南朝的齊、梁之際，唯當時所論的音律，主要是重在「四聲」的調和與配合，眞正嚴格的音律之建立，卻在入唐之後。齊、梁之後又進一步地使四聲二元化，在詩文中專講「平」「仄」，而律詩的體制也因而建立起來。這個由重視四聲進而使四聲二元化，在詩文中專重平仄的推衍過程，在日本僧弘法大師的「文鏡秘府論」中，可以很明顯的看出來。

二、文鏡秘府論及其作者

文鏡秘府論，日本僧空海所作，空海的佛教法號又稱遍照金剛，俗姓佐伯，是讚歧國、多度郡、屛風浦（地在今日本的香川縣善通寺市）人氏。

空海生於日本寶龜五年（公元七七四年），卒於承和二年（公元八三五年）。日本醍醐帝在空海死後的第八十六年，追封他爲「弘法大師」。

氏著作極豐，無論語言、文學，以及書法、繪畫方面，均有極深的造詣。日本明治四十三年（公元一九一〇年）時，祖風宣揚會曾把他的全部著作，收集編印成一部「弘法大師全集」，計十五卷。

空海於日本的延曆二十三年（唐德宗貞元二十年，公元八〇四年）七月到中國留學，於日本大同元年（唐憲宗元和元年，公元八〇六年）八月回日本，前後不足三年，可是學習了許多中華文化的精華。

文鏡秘府論是空海留學中國回日本後所作，目的在使當時學習漢文的日本人，有一本入門性的參考書。書中材料是根據他自己當時從中國所帶回日本的作詩入門書，如：

崔融：唐朝新定詩格。

　　元兢: 詩髓腦。

　　王昌齡: 詩格。

　　僧皎然: 詩議。

以及齊梁以來論作詩的篇籍纂輯而成的，全書分天、地、東、南、西、北六卷，約近十萬言。

　　天卷論聲律，除附益於卷內之序文不計而外，別有「調四聲譜」、「調聲」、「詩章中用聲法式」、「七種韻」、「四聲論」等五節。

　　地卷論體勢等項，計有「十七勢」、「十四例」、「十體」、「六義」、「八階」、「六志」、「九意」等七節。

　　東卷論對，計有「論對」、「二十九種對」、「筆札七種言句例」等三節。

　　南卷論文意等項，計有「論文意」、「論體」、「定位」、「集論」等四節。

　　西卷論病，計有「論病」、「文二十八種病」、「文筆十病得失」等三節。

　　北卷則有「論對屬」、「帝德錄」等二節。

　　全書所引用之材料，後世在中國已大部佚失不存，直到清代楊守敬遊日本，才把這本書帶到中國，而使那些亡佚的材料重現於世。楊守敬在他的「日本訪書志」中評述文鏡秘府論之言云:

　　　　此書蓋為詩文聲病而作，滙集沈隱侯、劉善經、劉滔、僧皎然、元兢及王氏、崔氏之說。今傳世唯皎然之書，餘皆泯滅。按宋書雖有平頭、上尾、蜂腰、鶴膝諸說，近代已不得其詳。此篇中列二十八種病，皆一一引詩，證佐分明。

隋、唐的一些討論詩文聲病之作，近代既已不可復見，所以民國十九

年時，諸皖峰氏才會把「秘府論」「論病」部份抽印出來，名之爲「文二十八種病」，十分地受從事文學批評工作者之重視，卽此一事，也就可見「秘府論」的價值之高了。

空海另有「文筆眼心抄」一書，是根據文鏡秘府論的內容摘要寫成的，與秘府論相比，一略一詳，一晦一顯，所以楊守敬根本就沒收集它。讀者如已披覽過秘府論原書，則「文筆眼心抄」自可不必著意了。

三、重視四聲的「永明體」

蕭子顯齊書云：

> 沈約、謝朓、王融，以氣類相推，文用宮商，平上去入爲四聲，世呼「永明體」。

永明體但重視「四聲」的運用，注重四聲必須調配的原則而已，但並未創就一個絕對可守的格律。所謂原則，如沈約宋書謝靈運傳論云：

> 五色相宜，八音協暢，玄黃律呂，各適物宜。故使宮羽相變，低昂舛節，若前有浮聲，則後須切響。一簡之內，音韻盡殊；兩句之中，輕重悉異。妙達此旨，始可言文。至於先士茂制，諷高歷賞，子建函谷之作，仲宣霸岸之篇，子荊零雨之章，正長朔風之句，並直舉胸懷，作傍經史，正以音律調韻，取高前式。

這其中的「五色相宜，八音協暢，玄黃律呂，各適物宜。」與夫「宮羽相變，低昂舛節，若前有浮聲，則後須切響。一簡之內，音韻盡殊；兩句之中，輕重悉異。」就是當時人調配四聲的基本原則。一簡約當

於今日鉛印書中的「一行」（一簡有二十五字、二十九字、三十五字者不等），調配的結果，務使一簡之內的音韻都不相同，卽使是短短的兩句之間，他必須有升降抑揚、輕淸重濁的變化；至其調配方法，則前有「浮聲」，在後就必須配以「切響」；反之，若前爲「切響」，則其後自應配以「浮聲」。而音律之與事物情景之相配，則須「玄黃律呂，各適物宜」。沈氏同時還舉了曹子建、王仲宣、孫子荆、王正長❷等人的四聲諧和之作，以說明那些都是「妙達此旨」，可爲後人範式的佳構。

　　文鏡秘府論引劉滔❸之言亦云：

　　　　得者暗與理合，失者莫識所由，唯知齟齬難安，未悟安之有術。若「南國有佳人，夜半不能寐」，豈用所得哉。

此則言不悟四聲妙用的人，有時亦有佳作出現，但凡爲佳作，其必暗暗與四聲調和之理相合，如不相合，卽屬病犯，病犯或不通其當改之由，然其齟齬不安則雖不悟四聲之理者，亦可明顯知之，於此也就可知「調和四聲」是如何的重要了。

　　劉彥和文心雕龍❹云：

　　　　凡聲有飛沉，響有雙叠；雙聲隔字而每舛，叠韻離句而必睽；沉則響發如斷，飛則聲颺不還，並轆轤交往，逆鱗相比；迕其際會，則往蹇來替，其爲疹病，亦文家之吃也。

---

　　❷　魏曹植、漢末王粲、晉孫楚、晉王瓚。
　　❸　文鏡秘府論引劉滔「論四聲」及作詩「病犯」之言多起，滔不知何許人，或謂梁書劉昭傳云昭字子滔，亦不知是否爲一人。
　　❹　見文心雕龍「聲律篇」。

文鏡秘府論天卷「四聲論」云：

> 潁川鍾嶸之作詩評，料簡次第，議其工拙。乃以謝朓之詩末
> 句多謇，降爲中品，侏儒一節，可謂有心哉！又云：「但使淸濁
> 同流，口吻調和，斯爲足矣。至於平上去入，余病未能。」經謂：
> 嶸徒見口吻之爲工，不知調和之有術……四聲之體調和，此其效
> 乎？除四聲以外，別求此道，其猶之荆者而北魯燕，雖遇牧馬童
> 子，何以解鍾生之迷？或復云：「余病未能。」觀公此病，乃是
> 膏肓之疾，縱使華佗集藥，扁鵲投針，恐魂❺岱宗，終難起也。
> 嶸又稱：「昔齊有王元長者，嘗謂余曰：『宮商與二儀俱生，行
> 古詩人，不知用之。唯范曄、謝公頗識之耳。』」今讀范侯讚論，
> 謝公賦表，辭氣流靡，罕有挂礙，斯蓋獨悟於一時，爲知聲之創
> 首也。

計文鏡秘府論「四聲論」全節所引，討論四聲之運用者，有陸士衡、
劉滔、沈約、劉虬 鍾嶸、王斌、甄琛等多人，所論都是具體地指點
四聲調配的重要，調配之法，大抵不外是「浮聲」與「切響」的交替
爲用，必須做到「一簡之內，音韻盡殊」，「兩句之中，輕重悉異」。
但這只是一個模糊的原則，並未確指平上去入何者爲浮聲，何者爲切
響。更沒有後世平仄調配的那種絕對規則可資遵守。所以我們談到
「永明體」詩時，只知當時作詩很重視四聲的調配，卻無法把握其絕
對可資遵守的規則。於此也就可知齊、梁之際的詩作，只是知道重視
音律而已，實際上嚴格的規律卻並未產生。

---

❺　「魂」下有奪字，唯不知爲何字耳。

四、四聲二元化的演進

　　永明時代雖只重視四聲的調配，但「前有浮聲，則後須切響」這一句話，已隱隱顯示出四聲二元化的朦朧趨勢。只可惜當時「四聲」尚在初被人們發現階段，無法講得具體而可掌握，更沒有把四聲歸併為「平」「仄」二類。

　　但從文鏡秘府論中的某些討論之詞看來，他們已頗能把握平仄的運用，只是平仄之名尚未出現而已。換言之，在文鏡秘府論中已可看出四聲二元化的具體痕跡了。不過，相信出現這種二元化的痕跡，恐怕已在齊、梁以後，甚至已是初唐之期了。因為文鏡秘府論是空海從中國回日本之後才撰成的，空海回國是在唐憲宗元和元年（公元八○六年），所以秘府論也是元和元年以後撰成的，內容所論，固包涵了齊、梁時代的四聲論，同時也包涵了許多齊、梁以後的詩律「調聲」法則。從文鏡秘府論中所提到的一些齊、梁、陳、隋間的人物之說聲律，隱約可知四聲之被歸為平仄二類，當是始於梁、隋之間，而確定於唐初之時。如秘府論❻云：

　　　　齊太子舍人李節，知音之士，撰「音譜決疑」，其序云：「案周禮，凡樂，圓鐘為宮，黃鐘為角，大蔟為徵，沽洗為羽，商不合律，蓋與宮同聲也。五行則火土同位，五音則宮商同律，闇與理合，不其然乎。」

當時文人，常把五音與四聲相配，所以秘府論又引劉善經「四聲指歸」

------

❻　見文鏡秘府論天卷「四聲論」。

之言❼云：

> 經每見當世文人，論四聲者兼矣，然其以五音配偶，多不能
> 諧，李氏忽以周禮證明，商不合律，與四聲相配便合，恰然懸同，
> 愚謂鍾蔡以還，斯人而已。

前人好以五音配四聲，從語言音韻的觀點來看，自然難免荒唐不經，
但李節旣這樣提出來，而劉善經又是如此地推崇備至，必定是有其寶
貴的理由的。因爲宮、商、角、徵、羽是五音，與四聲是參差不好相
配的，他們把宮、商合律以後，剛好可與四聲中的平聲相配，而平聲
裏面的「上下平聲」之別，也剛好因此而可得到合理的解釋。在這些
看似不倫的議論當中，正可看出當時人特別重視「平聲」的音訊。就
因爲他們特別看重平聲，相對的，平聲之外便產生了「上去入」爲一
類的消息，換言之，平仄兩分的音息已可從這些議論中尋覓出來了。

又文鏡秘府論天卷中的「詩章中用聲法式」，按照詞句的長短而
分之爲三言句、四言句、五言句、六言句、七言句等五種。三言句有
「一平聲」「二平聲」的例句；四言句則有「一平聲」「二平聲」「
三平聲」的例句；五言句則有「一平聲」「二平聲」「三平聲」「四
平聲」的例句；六言句則有「二平聲」「三平聲」「四平聲」「五平聲
」的例句；七言句則有「二平聲」「三平聲」「四平聲」「五平聲」
「六平聲」的例句。凡言「×平聲」卽謂該例句中用了多少個平聲字，
如：七言六平聲例云：「朝朝愁向猶思床」，全句七字中除一「向」
字爲去聲外，餘六字皆爲平聲，這些例句的列舉，並無音律理論上的
道理存在，只是顯示出當時人講聲律特別重視「平聲」而已。

---

❼　同❻。

　　因爲特別重視平聲，所以平聲與平聲以外的其他三聲便自然成了對立的兩面了。大藏經中的「悉曇輪略圖抄」卷七論文筆事❸，在句末把平仄注出來，但因當時尚無「平」「仄」對稱的名稱，所以「輪略圖抄」卷七中所注的也只是以「平聲」爲中心而已，他們注平聲字爲「平」，注平聲以外的「上去入」聲字爲「他」，「他」剛剛相當於後人所稱的「仄」，但「他」很明顯的是指平聲以外的聲調，「平聲以外」包括了「上、去、入」三聲，它們的總名——「仄」——尚未出現，還在用「其他」（省稱爲「他」）一詞與「平」聲對稱，這可見當時很重視平聲，以平聲爲中心，因此也就很明顯地表示出四聲二元化已演進到成熟階段。聲律理論演進到這一個階段時，「平」「仄」的名稱也很快就要出現了，而平仄的格律就也自此更爲精密、更爲嚴格了。

五、四聲二元化的確立

　　平仄對立的局面既經形成，所以元兢「詩髓腦」討論調聲的理論，也就單純地成爲平仄二聲如何運用的問題了；換言之，在這種情形之下，四聲之二元化已完全確立，調聲之難已不是四聲，而只是二聲的問題了。文鏡秘府論天卷「調聲」之說云：

　　元氏曰：聲有五聲，角、徵、宮、商、羽也。分於文字四聲，平、上、去、入也。宮、商爲平聲，徵爲上聲，羽爲去聲，角爲入聲。故沈隱侯論云：「欲使宮徵相變，低昂舛節，若前有浮聲，則後須切響。一簡之內，音韻盡殊；兩句之中，輕重悉異。

❸　參見大正新修大藏經第八十四卷。

妙達此旨，始可言文。」固知調聲之義，其爲❾大矣。調聲之術，其例有三：一曰換頭，二曰護腰，三曰相承。

又釋「換頭」之含義云❿：

換頭者，若兢❶于「蓬州野望詩」曰：

> 飄颻宕渠域，曠望蜀門限。水共三巴遠，山隨八陣開。橋形疑漢接，石勢似烟迴。欲下他鄉淚，猿聲幾處催。
>
> 此篇第一句頭兩字平，次句頭兩字去上入：次句頭兩字去上入，次句頭兩字平，次句頭兩字又平；次句頭兩字去上入；次句頭兩字又去上入，次句頭兩字又平：如此輪轉，自初以終篇，名爲雙換頭，是最善也。若不可得如此，則如篇首第二字是平，下句第二字用去上入；次句第二字又用去上入，次句第二字又用平，如此輪轉終篇，唯換第二字，其第一字與下句第一字用平不妨，此亦名換頭，然不及雙換。又不得句頭第一字是去上入，次句頭用去上入，則聲不調也，可不愼歟？

此段解釋「換頭」之言，我們且不論其轉換的方法，其中最明顯的一件事是「平聲」與「去上入」對稱，「去上入」也就是後人所謂的「仄聲」。「去上入」之成一類而與「平聲」對立，正是四聲二元化的確立，也就是後世所謂的「平」「仄」調聲法的確立。

秘府論天卷「調聲」一節又釋「護腰」之言云：

> 護腰者，腰，謂五字之中第三字也；護者，上句之腰不宜與

---

❾ 「爲」下似有脫文，如「術也」之類。

❿ 參見秘府論天卷「調聲」。

❶ 「兢」即「元兢」，人名。

下句之腰同聲。然同去上入則不可用，平聲無妨也。

庾信詩曰：「誰言氣蓋代，晨起帳中歌」。

　　「氣」是第三字，上句之腰也；「帳」亦第三字，是下句之腰：此爲不調。宜護其腰，愼勿如此。

此言五言句之第三字，若首句用「去上入」，次句卽當用「平聲」，今同爲「去上入」則爲不調。此亦「平聲」與「去上入」對稱，則亦可證四聲二元化之已臻確立之期矣。惟觀此「護腰」之言，知此時之詩律只重第三字，而忽略第四字，與後世確定之「平仄律」有異，設與前擧之「換頭」相配而專重二、四字，則與後世平仄律之定格也就相應了，然因時際未到平仄律的成熟階段，因而此中只可看出「平」「仄」對立的二元化之局已定，而「二四六分明」的標準平仄律卻尚未出現。

　　秘府論天卷「調聲」一節又釋「相承」之言云：

　　相承者，若上句五字之內，去上入字甚多，而平聲極少者，則下句用三平承之。用三平之術，向上向下二途，其歸道一也。

　　三平向上承者，如謝康樂詩云：「谿壑斂暝色，雲霞收夕霏。」上句唯有「谿」一字是平，四字是去上入，故下句之上用「雲霞收」三平承之，故曰「上承」也。

　　三平向下承者，如王中書詩曰：「待君竟不至，秋鴈雙雙飛。」上句惟有一字是平，四去上入，故下句末「雙雙飛」三平承之，故曰三平向下承也。

所謂「上承」是指相承之次句，首三字爲平聲，「首」卽「上」，故

曰「上承」。「下承」則是指相承之次句，末三字為平聲，「末」即
「下」，故曰「下承」。這也是提出「平聲」與「去上入」相對地如
何調配的問題， 其調配之法姑毋論之， 然其調配時必以「平聲」與
「上去入」對立， 則明白地顯示，四聲之二元化已經確立，只是稱「
平」與「去上入」，而尚未稱「平」「仄」而已，但四聲二元化之必
已確立，則上舉各段，皆鑿鑿可證，不待多言者矣。

六、平仄律的形成

　　四聲二元化既經確立，兼又定出許多調聲的規則，則「平仄律」
也就大體形成了。前文所引文鏡秘府論中有關調聲的原則，諸如「換
頭」、「護腰」、「相承」等，這都是「平仄律」的初期胚胎。

　　漢語是單音節語,漢字是方塊字， 這在發音和書寫的整齊上來說，
它比歐西語文表現出獨特的長處。在我們的漢語詩句中，書寫句式的
整齊我們姑不論它， 單就音節方面的整齊而易於安排來說，這也是漢
語非常特出的地方。中國古代的詩歌，是詩樂相合，詩歌的節奏是以
音樂為主,是隨樂調而抑揚升降的。後世的詩歌,脫離了音樂而獨立，
而詩也就不歌而重誦了，所謂「新詩改罷自長吟」，詩的聲律傾向於
吟，因此也就不得不特別重視誦讀的音節，誦讀的音節會牽涉到語詞
或語意的單位， 以這種語詞或語意的單位配合平仄， 自然而然地， 也
就產生了詩歌中應具的「音步」(foot)。所謂「音步」 ⑫，是指希臘詩
利用一個長音和一個或兩個短音配合(或其它不同的長短音之配合)，

---

　　⑫　參看拙著「語言音律與文學音律的分析研究」中「輕重律」一小節（在
新加坡南洋大學學報第七期內・1973）。

成爲一個節奏上的單位而言的。事實上我們漢語的詩歌，自從脫離音樂而趨向於吟誦以後，「音步」也就自然產生了，尤其是漢語詩歌中的「律詩」，音步最爲明顯，換言之，音步是構成律詩的要素，有了平仄，有了音步，律詩的嚴密格律也就確定了。

　　平仄律的形成，是因爲漢字的聲調具有音律上的兩種長處，一是「音長」，二是「音高」❸。從漢字音韻的發展歷史來看，平聲字的「音長」一般上都比仄聲字長，因此平仄的配合，也就構成了詩律中的「長短律」和「短長律」；同時因爲構成漢字聲調的是「音高」的升降變化，因此詩律中的平仄變換，也就構成了極爲優美的「高低律」❹。平仄的變換既兼有「長短律」及「高低律」兩種音律節奏，所以漢語詩歌的優美也就絕非其他語言的詩歌音律所可比擬的了。

　　平仄既兼具了語音的「長短」與「高低」兩種律動的節奏，則自四聲二元化以後，平仄調配的原則就自然會應運而生，而平仄調配的原則總脫離不開語詞和語意的間歇單位，因此文鏡秘府論天卷中，專門有一小節是講句式的結構的，此一節名爲「詩章中用聲法式」，其言云：

　　　　凡上一字爲一句，下二字爲一句；或上二字爲一句，下一字爲一句（三言）。上二字爲一句，下三字爲一句（五言）。上四字爲一句，下二字爲一句（六言）。上四字爲一句，下三字爲一句（七言）。

---

❸　參看拙著「語音學大綱」第六章「音色、音長、音強、音高和音律」pp. 71-92（臺北蘭臺書局出版，民國63年3月）。

❹　參看拙著「語言音律與文學音律的分析研究」中「長短律」及「高低律」兩小節。

在這些說明多少字爲一句的「法式」當中，單單沒有提到四言，因爲四言剛好是兩個二字詞相合，如其所舉例句「世康禮博」、「槐棘愷悌」、「高邁堯風」、「凝金曉陸」等是。其所舉的例句是三言、四言、五言、六言、七言俱全的，而分析多少字爲一句時，卻不提四言，可見是四言易讀，不煩贅述了。事實上，自漢賦以至駢文、永明詩、唐詩等等，雙音節詞大量發展，爲文作詩，大抵以詞的單位以定詩句中的「音步」，一個七言句，它的組合是「二字、二字、二字、一字」，二字詞是一個音步，一字詞也是一個音步；以「節拍律」❺來說，二字詞如果是二拍的話，那麼與其相連的一字詞也必是二拍。所以前文「秘府論」所提到的「句」，不是語法中所謂的「句子」(Sentence)，它們多數只是一個語詞的間歇停頓，爲了吟誦的方便，盡量地把「詞」(Term) 凑成二字，以配合誦讀時的音節之輕重、高低，與夫長短等等，而使構成完美的音律節奏。如果我們用「a」表示重音，用「x」表示輕音，則其詞句間的節拍結構如下：

三言句：

　　驚——｜七　曜｜，　詔——｜八　神｜，
　　a　x｜a　x｜　　a　x｜a　x｜

四言句：

　　世　康｜禮　博｜，　高　邁｜堯　風｜，
　　a　x｜a　x｜　　a　x｜a　x｜

五言句：

　　九　州｜不　足｜步——｜，目　擊｜道　存｜者——｜，
　　a　x｜a　x｜a　x｜　a　x｜a　x｜a　x｜

---

❺　參見拙著「語音學大綱」第六章第三節「音律」。

　　　玄　經｜滿——｜狹　室｜，綠　水｜湧——｜春　波｜，
　　　ａ　ｘ｜ａ　ｘ｜ａ　ｘ｜ａ　ｘ｜ａ　ｘ｜ａ　ｘ｜

六言句：

　　　合　國｜以｜饗｜蠻　賓｜，沙　頭｜白　鶴｜自　舞｜，
　　　ａ　ｘ｜ａ｜ｘ｜ａ　ｘ｜ａ　ｘ｜ａ　ｘ｜ａ　ｘ｜

七言句：

　　　將軍｜一去｜出——｜湖海｜，　信是｜薄命｜向——
　　　ａｘ｜ａｘ｜ａｘ｜ａｘ｜　　ａｘ｜ａｘ｜ａｘ
　｜誰陳｜，
　｜ａｘ｜

　　　相抱｜長眠｜不願｜起——｜，　復娉｜無雙｜獨立
　　　ａｘ｜ａｘ｜ａｘ｜ａｘ｜　　ａｘ｜ａｘ｜ａｘ
　｜人——｜，
　｜ａ　ｘ｜

上舉各詩句，都原是文鏡秘府論中所引之詩，在吟誦語句的停頓上，剛好是一重一輕（ａｘ）相配為一個音步，有了這種音步的產生，再把每一個音步中的平仄作相對的調配，則在音節的輕重、高低、長短等各種不同的音律上，便自然顯出抑揚、升降、頓挫等的節奏之美，如再加上隔句一韻，則又配上了「音色」諧和之美，而平仄律的最高表現境界，也就完全達到了。

七、後　語

　　文鏡秘府論中提出的作詩法則很多，其中有許多是指點詩句的病犯，以便人知如何去矯正，這是一種消極的方法。當然還有更多積極

的指點作詩的訣竅和門道，非本文範圍悉能論列。本文只提出從秘府論天卷的聲律一方面，可以看出由重視四聲的調配，直到平仄律之形成的整個過程。王了一先生曾說[16]：

> 相傳沈約最初發現中國語裡共有四個聲調，就是平聲、上聲、去聲和入聲。又相傳「仄聲」這個名稱也是沈約起的。有人說：「仄」就是「側」，「側」就是「不平」。仄聲和平聲相對立，換句話說，仄聲就是上、去、入三聲的總名。

在沈約那個時代，四聲的調配還在朦朧不顯時期，至於仄聲之稱，更無資料可證明是沈約所起。文鏡秘府論是唐憲宗元和元年（公元八〇六年）以後的作品，書中尚且無「平仄」的定名，可見「平聲」與「上去入」相對調配至少到初唐才有比較嚴格的規律，而平仄律的定格，恐怕還在律詩形成之後，如此說來，無論是平仄相對的名稱，或是平仄律之形成，至少也是在初唐以後的事情了。

一九七六年六月十日於星洲雲南園

---

[16] 見王氏著「漢語詩律學」P6（新知識出版社，1958，上海）。

柒、詞的用韻

一、前　言

中國的詩歌及其他韻文的用韻，粗略的分，大約可分為三個時期：

隋、唐以前是第一期，這一時期的用韻，可說十分自由，是完全依照口語為押韻之準則的。儘管相傳梁代的沈約曾撰四聲譜，但六朝時死守韻書以用韻的風氣並未形成，至於兩漢，則根本無韻書可言，而先秦的韻文也就更不必提韻書了。

隋、唐以後，直到清末民國初年為第二期，這一時期除了詞曲及民間的通俗文學以外，韻文及詩歌必須遵照韻書用韻。詞曲因為不受科舉的限制，所以用韻仍如第一期，而以口語為依據，所以詞在當時被人稱為「詩餘」，而曲則被人稱為「詞餘」，似乎並沒有被前人目為正統的文學作品，因此用韻的要求就不必十分嚴格了。

民國以後的用韻屬於第三期，這一時期除了創作舊體詩外，新體的白話詩歌之用韻，仍如第一期一樣，是完全以口語為標準的。

韻語，是韻文及詩歌的精髓部份之一。詞的用韻，以今日的學詞者來看，因各詞牌調之異，用韻法則是十分複雜的。但詞韻在一些後起的填詞參考書看來，用韻及分部比詩韻寬得很多。因為自有詞以來，押韻只取其與口語的音韻相合，而不受傳統韻書的拘制，所以用韻的軒序自然也就大大地放寬了。凡傳統詩韻中發音相近的韻目，在詞韻中幾可完全通押；同時在聲調方面來說，詞韻又可四聲通押；更且可

借押方音。於是與舊體詩的用韻來比，詞韻可說是十分的自由和寬廣的。

二、韻　書

1.　分部簡史

在晚唐、北宋時期，還找不出一本人人共守的塡詞韻書。到了北宋末期，有朱希眞的擬應制詞韻十六條，外加入聲的韻部四部。其後有張輯和馮取洽曾分別爲這本小册子增字加注；到元代時陶宗儀嫌此書混雜而欠缺條理，有意把它重新改編訂正，但結果如何，已無可考，因爲這一系列經過增訂改編的書都已亡佚，連韻目都不可見了，而內容如何，更無自以談起了❶。

後來，有一部無名氏的詞林韻釋，題爲「紹興二年菉斐軒刊」，有平聲十九部，次列上去聲，入聲則分派到平、上、去三聲中去，不另立韻部。有人認爲那是爲宋代的大曲而作的韻書，但也有人認爲根本不是宋代的東西，而是明代陳大聲所編的。實在的說，此書根本不是詞韻，而是一本曲韻。

從明代以至清代，編纂詞韻的人很多。如沈謙詞韻略、趙鑰詞韻、曹亮武詞韻、李漁詞韻、胡文煥文會堂詞韻、吳烺程名世學宋齋詞韻、鄭春波綠漪亭詞韻、葉申薌天賴軒詞韻等。這些詞韻的分部，都各自依照自己的標準，內容幾乎是沒有相同的。後來，戈載編了一本詞林正韻，平、上、去各韻計分爲十四部，入聲分爲五部，共爲十九部韻。

---

❶　參見吳梅詞學通論第三章「論韻」（臺灣商務印書館，民國54年臺一版，臺北。）

戈氏自稱是「取古人之名詞，參酌而審定之，盡去其弊」而編成的。
所以後來學詞的人都以這本書爲詞韻的正宗，頗重視之。

2.　吳梅的分部

近人吳梅作「詞學通論」，根據戈載的分部，再參酌沈謙的「詞
韻略」，聚以歷來名家詞之用韻，而訂出一個分部標準，分詞韻爲二
十二部❷，玆錄其分部的部次（各部中所稱的韻目爲廣韻韻目之名稱）
如下：

第 一 部：平一東　二多　三鍾
　　　　　　上一董　二腫
　　　　　　去一送　二宋　三用

第 二 部：平四江　十陽　十一唐
　　　　　　上三講　三十六養　三十七蕩
　　　　　　去四絳　四十一漾　四十二宕

第 三 部：平五支　六脂　七之　八微　十二齊　十五灰
　　　　　　上四紙　五旨　六止　七尾　十一薺　十四賄
　　　　　　去五寘　六至　七志　八未　十二霽　十三祭

第 四 部：平九魚　十虞　十一模
　　　　　　上八語　九虞　十姥
　　　　　　去九御　十遇　十一暮

第 五 部：平十三佳（半）　十四皆　十六咍　上十二蟹
　　　　　　十三駭　十五海
　　　　　　去十四泰（半）　十五卦（半）　十六怪　十七夬

----

❷　參見吳氏詞學通論第三章「論韻」pp. 16-21。

十九代

第 六 部: 平十七眞　十八諄　十九臻　二十文　二十一欣

　　　　　二十三魂　二十四痕

　　　　上十六軫　十七準　十八吻　十九隱　二十一混

　　　　二十二很

　　　　去二十一震　二十二稕　二十三問　二十四焮

　　　　二十六圂　二十七恨

第 七 部: 平二十二元　二十五寒　二十六桓　二十七刪

　　　　　二十八山　一先　二仙

　　　　上二十阮　二十三旱　二十四緩　二十五潸

　　　　二十六產　二十七銑　二十八獮

　　　　去二十五願　二十八翰　二十九換　三十諫

　　　　三十一襉　三十二霰　三十三線

第 八 部: 平三蕭　四宵　五肴　六豪

　　　　上二十九篠　三十小　三十一巧　三十二晧

　　　　去三十四嘯　三十五笑　三十六效　三十七號

第 九 部: 平七歌　八戈

　　　　上三十三哿　三十四果

　　　　去三十八箇　三十九過

第 十 部: 平十三佳（半）　九麻

　　　　上三十五馬

　　　　去十五卦（半）　四十禡

第十一部: 平十二庚　十三耕　十四清　十五青　十六蒸

　　　　　十七登

　　　　上三十八梗　三十九耿　四十靜　四十一迥

　　　　　四十二拯　四十三等

　　　　　去四十三映　四十四諍　四十五勁　四十六徑

　　　　　四十七證　四十八嶝

第十二部：平十八尤　十九侯　二十幽

　　　　　上四十四有　四十五厚　四十六黝

　　　　　去四十九宥　五十侯　五十一幼

第十三部：平二十一侵

　　　　　上四十七寢

　　　　　去五十二沁

第十四部：平二十二覃　二十三談　二十四鹽　二十五添

　　　　　二十六咸　二十七銜　二十八嚴　二十九凡

　　　　　上四十八感　四十九敢　五十琰　五十一忝

　　　　　五十二儼　五十三豏　五十四檻　五十五范

　　　　　去五十三勘　五十四闞　五十五豔　五十六㮇

　　　　　五十七釅　五十八陷　五十九鑑　六十梵

第十五部：入一屋　二沃　三燭（以下各部皆入聲）

第十六部：四覺　十八藥　十九鐸

第十七部：五質　七櫛　九迄　二十二昔　二十三錫　二十四職

　　　　　二十五德　二十六緝

第十八部：六術　八物

第十九部：二十陌　二十一麥

第二十部：十一沒　十二曷　十三末

第廿一部：十月　十四黠　十五鎋　十六屑　十七薛　二十九葉

　　　　　三十帖

第廿二部：二十七合　二十八盍　三十一洽　三十二狎

三十三業　三十四乏

3. 通俗詞韻

本來，詞韻的標準是以歸納唐、宋詞的韻脚，而為分部之依據的。吳梅精通音律，為詞學大家，其參酌歸納的韻部，宜為詞韻之正宗，但吳氏詞學通論中僅有分部及廣韻的韻目，而並無各韻的內容。因而一般學詞的人，都嫌據吳氏分部再去檢尋廣韻的內容太麻煩，且詞韻也實在不必像近體詩那樣斤斤計較，所以都愛用清代舒夢蘭白香詞譜後所附的晚翠軒詞韻，蓋因白香詞譜自問世以來，一向普遍流行，為今世比較通俗合用的一本詞譜，而其所附的晚翠軒詞韻，也就自然而然地成為最通俗流行的詞韻參考書了。

晚翠軒詞韻，平、上、去分列為十四部，入聲五部，共為十九個韻部，內容大致與詞林正韻彷彿。事實上，押韻應以調協和諧為本，中國因幅員廣大，方音複雜，南音北音往往不能全同，因此，自來歸納唐、宋詞韻的人，常可發覺許多名家詞中，有超越舊時韻書範圍的押韻現象。所以，填詞的人只要有一本詞韻可供參考也就罷了，這就是晚翠軒詞韻之所以被視為通俗合用的原因了。

三、幾種不同的押韻方式

1. 一韻到底

無論逐句押韻，抑或隔句押韻；亦無論上下片分片與否，都是一韻到底，中間不換韻的，如：

　　昨夜雨疏風驟，濃睡不消殘酒。試問捲簾人，卻道海棠依舊。

知否，知否，應是綠肥紅瘦。（李清照如夢令）

此中「驟、酒、否、否、瘦」是韻脚，是同屬一部的。又如：

> 玉樓深鎖多情種，清夜悠悠誰共？羞見枕衾鴛鳳，悶則和衣擁。　無端畫角嚴城動，驚破一番新夢。窗外月華霜重，聽徹梅花弄（秦觀桃園憶故人）。

這一首是通篇逐句押韻的，每一句末都是韻脚，也是一韻到底，中間不換韻，上下片同。

2.　主副韻交錯

以下一闋是兩部韻交錯相協，以某一部韻為主，而以另一部韻為副，如：

> 林花謝了春紅 a，太匆匆 a，無奈朝來寒雨晚來風 a。胭脂淚 b，留人醉 b，幾時重 a？自是人生長恨水長東 a。（李後主相見歡）

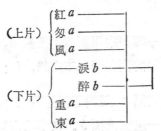

再如以下另一闋，也是以某一部韻為主，而以另兩部韻交錯為副以相協的：

> 莫聽穿林打葉聲 a，何妨吟嘯且徐行 a。竹杖芒鞋輕勝馬 b，

　　誰怕 b，一簑烟雨任平生 a。　　料峭春風吹酒醒 c，微冷 c，
山頭斜照卻相迎 a。

回首向來蕭瑟處 d，歸去 d，也無風雨也無晴 a。

（蘇軾定風波）

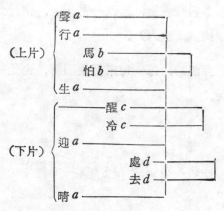

以上「醒、冷」二韻語與主韻「聲、行、生、迎、晴」同部，然「醒
冷」爲仄聲韻，故標爲 c，亦屬副韻之一。

3.　一闋兩韻

　　這種情形是：在一闋詞內用兩部不同的韻，既不像前文所舉的有
主、副之別，而且所用的兩部韻也不交錯，如：

　　　　蘭棹舉，水紋開 a，競携藤籠採蓮來 a。迴塘深處遙相見 b，
　　邀同宴 b，淥酒一巵紅上面 b。（李珣南鄉子）

另一種情形是：上下分片的詞，在同一闋之內，上片用一部韻，而下
片則用另一部韻，如：

　　　　休彈別鶴 a，淚與絃俱落 a，歡事中年如水薄 a，懷抱那堪

作惡 *a* ?　　昨宵月露高樓 *b* ，　今朝煙雨孤**舟** *b* ，　除是無身方了，有身長有閒愁 *b* 。（劉克莊清平樂）

此詞上片用「鶴、落、薄、惡」四韻語同屬一部韻；下片則換用「樓、舟、愁」三韻語屬另一部韻。

4.　兩韻交錯

這種情形是：在一闋詞之內，同時用兩部韻，而作整齊的交錯，如：

> 春愁遠 *a* ，春夢亂 *a* ，鳳釵一股輕塵滿 *a* 。江煙白 *b* ，江波碧 *b* ，柳戶清明，燕簾寒食 *b* ，憶憶 *b* 。　　鶯聲晚 *a* ，箭聲短 *a* ，落花不許春拘管 *a* 。新相識 *b* ，休相失 *b* ，翠陌吹衣，畫樓橫笛 *b* ，得得 *b* 。（史達祖擷芳詞）

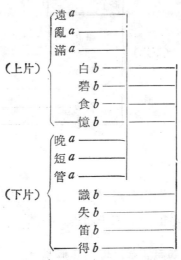

再如以下一闋，其交錯的方式也是同前詞同樣地整齊和規則，詞云：

　　紅酥手 a，黃藤酒 a，滿城春色宮牆柳 a。東風惡 b，歡情薄 b，一懷愁緒，幾年離索 b，錯 b、錯 b、錯 b。　　春如舊 a，人空瘦 a，淚痕紅浥鮫綃透 a。桃花落 b，閒池閣 b，山盟雖在，錦書難託 b，莫 b、莫 b、莫 b。（陸游釵頭鳳）

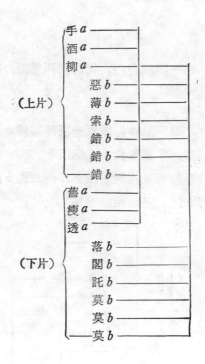

5.　多韻交錯

　　在同一闋詞中，變換好幾個韻部而押韻，有換韻而不交錯的，也有換韻而外，且使各韻交錯在一起的。多韻而不交錯的如：

　　深閨春色勞思想 a，恨共春蕪長 a。黃鸝嬌囀泥芳妍 b，杏枝如畫倚輕煙 b，瑣窗前 b。　　憑欄愁立雙蛾細 c，柳影斜搖

砌 *c* 。玉郎還是不還家 *d* ，敎人魂夢逐楊花 *d* ，繞天涯 *d* 。（顧
敻虞美人）

此中「想、長」爲一韻，「妍、煙、前」爲另一韻，下片「細、砌」
爲一韻，而「家、花、涯」又爲另一韻。總共於一詞之中，用了四部
不同的韻。

另外一種押韻法，是把數部韻交互錯雜起來，與前詞的僅僅換韻
而不交錯相比，自又不同，如：

寶馬曉轤雕鞍 *a* ，羅帷乍別情難 *a* 。那堪春景媚 *b* ，送君千
萬里 *b* 。半妝珠翠落，露華寒 *a* 。紅蠟燭 *c* ，靑絲曲 *c* ，偏能勾
引淚闌干 *a* 。　　良夜促 *c* ，香塵綠 *c* ，魂欲迷 *d* ，檀眉半斂低
d ，未別 *e* ，心先咽 *e* ，欲語情難說 *e* 。出芳草，路東西 *d* ，搖
袖立 *f* ，春風急 *f* ，櫻花楊柳雨凄凄 *d* 。（薛昭蘊離別難）

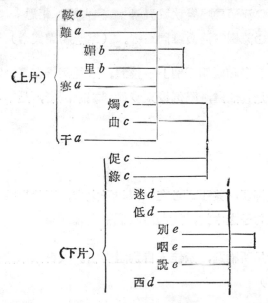

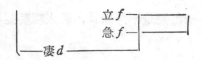

6. 同韻疊出

在某些詞中，有時把同一個韻語疊兩次甚或兩次以上，頗有加重語氣的意味，如前文「4」所舉「兩韻交錯」的例中，提到陸放翁的釵頭鳳，上片末尾的「錯、錯、錯」，下片末尾的「莫、莫、莫」三字都是韻，也就是同一韻語疊用三次。此外如：

> 汴水流◎泗水流◎流到瓜洲古渡頭，吳山點點愁。　　思悠悠◎恨悠悠◎恨到歸時方始休，月明人倚樓。（白居易長相思）

這是兩個「流」字和兩個「悠」字疊韻。又如：

> 河漢◎河漢◎曉掛秋城漫漫。　愁人起望相思，　塞北江南別離。離別◎離別◎河漢雖同路絕。（韋應物調笑令）

這是兩個「漢」字和兩個「別」字疊韻。這種例子在唐、宋詞中並不少見，而且凡是疊韻處，照例後人步武學塡原調者，是不可任意改變它們的。

7. 句中押韻

通常詞的押韻，其韻語必在一個句子之末，因此也叫「韻脚」；但也有少數在句子之中的，這種韻我們稱之爲「句中韻」。如：

> 雲衢見新雁過，奈佳人自別阻音書。（柳永木蘭花慢上片第六、七句）

　　歸塗縱凝望處，但斜陽暮靄滿平蕪。（柳永木蘭花慢下片第
六、七句）

以上二例中的「衢」和「塗」就是句中韻，與「句末韻」「書」「蕪」
相協。此外還有用韻甚密的句中韻，只間隔二字三字便出現一韻語的
也有，例如：

　　　　琅然清圓誰彈，響空山無言。（蘇軾醉翁操）
　　　　秋陰時晴，漸向暝，變一庭淒冷，佇聽寒聲，雲深無雁影。
（周邦彥關河令上片）

上舉二例，除去句末韻以外，凡在句中而標有「。」號的，都是「句
中韻」。初學詞的人當然以詞譜為據，凡詞譜指明是「句中韻」的地
方，我們便須趨步原押韻的格式來填詞，否則就是不合律了。

8.　通韻與改韻

　　此外又有平仄韻通押的現象，當然，這種現象都是指同部韻的平
仄通押而言，不同部則自無從談起了。所謂同部韻的平仄通押，如：
東、董、送相押；江、講、絳相押之類是也。詞律發凡云：「凡調用
平仄通叶者頗多，如西江月、換巢鸞鳳、少年心，俱顯而易見，人皆
知之。其外如洪皓江城梅花以『蕊、里』叶『誰』；夢窗醜奴兒慢以
『清、明』叶『影』……」所舉例子極多，不煩全引，學者只須知道
有此一事，時加留意，也就好了。

　　除平仄通押以外，又有「上、去」與「入聲」通押的，因為入聲
字以「塞音」為韻尾，音色與上、去聲字大不相同，所以歷來入聲與
上去通押的現象很少。但漢語自宋以來，有許多北方官話，已開始消

失了「塞音」的韻尾，而北方官話通行的區域很大，因此以方音填詞的人，也就把入聲字與上去聲字去押韻❸。如：

> 柳暗凌波路，送春歸，猛風暴雨，一番新綠。（辛棄疾賀新
> 郎）
> 從此酒酣月明夜，耳熱。（辛棄疾定風波）

上二例「綠」、「熱」二字是入聲字，被當作上去字來押韻；此外，韓玉東浦詞中的賀新郎以「玉」字去叶「注、女」，卜算子以「夜、謝」去叶「節、月」，幾乎是與近代的北方官話叶韻讀音相似了。

另外一種是改韻的現象，也就是一個詞牌最初創調的人是用平聲韻的，後來有人把它改成仄聲韻；自然，也有相反地自仄改平的。如雨中花，蘇軾作是押平韻的，秦觀作卻用入韻；滿江紅，岳飛作是用入韻的，姜夔作卻改平韻❹；又有入聲改為上去韻的，如趙長卿作霜天曉角叶入聲韻，辛棄疾則是叶上去韻的。亦有平韻改為上去韻的，如戴復古作醉太平用平韻，辛棄疾則用上去韻。亦有本叶上去韻而改為平韻的，如辛棄疾作祝英臺近叶上去韻，而陳允平作則改用平聲韻。除此以外，一般的韻語之平仄，還是以歷來傳述的詞譜為準，多數是平仄不可改移的。

9. 其　　他

除前述八大類之外，詞的用韻還有一些超出常規的變例，如「仿招魂體」的詞，除用韻之外，又在每個押韻的韻脚之後再加一個「些」

---

❸　參見王國維人間詞話。
❹　參見姜氏作滿江紅「泛巢湖」詞序。

字，例如辛棄疾水龍吟用些語再題瓢泉一首 云：

> 聽兮清佩瓊瑤些，明兮鏡秋毫些。君無去此，流昏漲膩，生
> 蓬蒿些。虎豹甘人，渴而飲汝，寧猿猱些。大而流江海，覆舟如
> 芥，君無助，狂濤些。 路險兮山高些，愧予獨處無聊些。多
> 糟春盎，歸來爲我，製松醪些。其外芬芳，龍團鳳片，煮雲膏
> 些。古人兮既往，嗟予之樂，樂陶陶些。

此外，黃山谷有「效福唐獨木橋體作茶詞」一首，是用阮郎歸的牌子，
通首用了八個韻，其中有四韻是用「山」字爲韻的，詞云：

> 烹茶留客駐雕鞍，有人愁遠山。別郎容易見郎難，月斜窗外
> 山。 歸去後，憶前歡，畫屏金博山。一杯春霞莫留殘，與郎
> 扶玉山。

山谷又欒括歐陽修醉翁亭記一文之大旨，作了一首「獨木橋體」的變
格詞，通篇用一「也」字押韻，詞云：

> 環滁皆山也。望蔚然深秀，瑯琊山也。山行六七里，有翼然
> 泉上，醉翁亭也。翁之樂也，得之心寓之酒也。更野芳佳木，風
> 高日出，景無窮也。 遊也，山肴野蔬，酒冽泉香，沸觥籌
> 也。太守醉也。諠譁衆賓歡也。況宴歡之樂，非絲非竹，太守樂
> 其樂也。問當時太守爲誰？醉翁是也。

當然，這一類的用韻方式，無論「仿招魂體」或「獨木橋體」，究非
塡詞用韻之正統，只能說是流於「文字遊戲」的一些作品，自然也就
不是初學詞者的學習對象了。

四、後　語

　　關於韻書這一點，我們前文已經說過，早期的詞是根本沒有韻書的，大抵是：嚴格一點兒的詞韻，就乾脆依據詩韻來作；若主張韻語從寬，則自可任意參以方音，只要讀來順口諧調，也就無違於詞之常規了。所以四庫全書總目提要中說❺：

　　　　唐無詞韻，凡詞韻與詩皆同。唐初回波諸篇，唐末花間一集，
　　　可覆按也。其法密於宋，漸有以入代平，以上代平諸例。而三百
　　　年作者如雲，亦無詞韻。間或參以方音，但取歌者順吻，聽者悅
　　　耳而已矣。一則去古未遠，方音猶與韻合，故無所出入；一則去
　　　古漸遠，知其不合古音，而又諸方各隨其口語，不可定以一格，
　　　故無書也。

實在的說，詞的格律用韻，固需合樂能歌，然也不能因律之拘限而逗殭化，總以順吻悅耳，清暢易歌為上，所以也就不必呆板地嚴守某一韻書的分部了。而且大師在巧，所作必合乎「自然」、「清新」、「流暢」的基本原則；初學無軌可循，當然只能按譜尋聲，死死地踵步循跡前人的規律，但熟練了以後，自然要求能化，否則也就學不好了。其實一般認為比較完美的詞韻書籍，都在清代才漸次問世，但詞的創作之高潮卻在晚唐、兩宋，到了清代實已漸漸地過氣了，在全盛期不作韻書，到衰窮期卻來纂韻刊律，則其效用之為明日黃花，是很明顯的事。所以，要問填詞究當遵循何種韻書，就不必刻舟求劍，死守一輯

───────────

❺　參見四庫全書總目提要「中原音韻」提要。

了；只消尋得一部常見易得的韻書也就夠了。

　　至於前文所歸納的那些「用韻方式」，則學詞的人該當如何選譜，該當擇用何種押韻的方式，只在一心之所喜好罷了；而且某譜與某用韻方式是自然的結合，由不得學者的任意改變，如果不是自己製譜作曲，則該當如何用韻，如何依聲，實在不容自己臆作，學者也就只好按譜填詞、按譜決定用韻的方式了。

　　本文之作，原無深義可言，只是約略介紹一點兒「詞的用韻」之概略情況，以供初學者參考而已。而且筆者亦非詞學專家，只因近一二年來，教到這一門課，不得已而東搜西湊，撰集了這麼一點兒淺薄的常識，但請見者多多指教。

　　　　　　　　一九七八年四月十四日脫稿於星洲雲南園

捌、孤兒詩及其他十六首韻語析評

前　言

　　曩讀樂府古辭，至『孤兒行』、『婦病行』二首，見其出語自然，而以長短句爲言，有類夫宋詞、元曲者；而其樸質無斧鑿之痕，則又駕乎詞曲之上。其後讀明清作品，亦嘗遘覯類似『孤兒行』、『婦病行』之古體詩數首，皆以發於至誠，出以深情而成其言者，讀之感人至深。因悟發於至情之作，有如食橄欖者然，初時或疑其苦澀不爽，久嚼始覺其如飴美味，甘旨長留於齒頰間；出自拼湊構擬而無深情至誠之作，則如食甘蔗然，初時或濃郁甘甜，轉卽殘渣礙舌，敗滓充口，吐之爲快矣。故知詩歌之製作，須緣其豐富之生活，抉其濃厚之感情，以入微之觀察，深刻之描寫，出自至誠，發爲文字，則其作品感人必深，自成千古不朽之傑作也。

　　『孤兒行』之主旨在寫孤兒之無依，生活之苦楚，兄嫂驅策其遠役行賈，臘月始歸，既歸又當汲水採瓜，苦不堪言。『婦病行』則寫婦人貧病將死之際，念及行將成爲『孤兒』之二三雛子，託孤寄子，情深意苦，慘狀難言。而後系以『亂曰』云云，則純係描寫所遺『孤兒』之慘況，感人至極矣。因本文所錄諸詩俱係刻劃孤兒之苦況，或有關乎孤兒之感人慘狀者，故名之爲『孤兒詩及其它』，又寫情敘事，讀其文辭卽可明其意、了其義，不煩細述，惟音律一道，隱晦而不顯，須待分析疏理，略作評述，始可明其意旨，因作所錄十六首詩之韻語

析評如下。

一、孤兒行

孤兒生，孤兒遇生，命當獨苦。父母在時，乘堅車，駕駟馬。
父母已去，兄嫂令我行賈。南到九江，東到齊與魯。臘月來歸，
不敢自言苦。頭多蟣蝨，面目多塵土。大兄言辦飯，大嫂言視馬。
上高堂，行取殿下堂，孤兒淚下如雨。使我朝行汲，暮得水來歸。
手為錯，足下無菲。愴愴履霜，中多蒺藜。拔斷蒺藜，腸肉中，
愴欲悲。淚下渫渫，清涕纍纍。冬無複襦，夏無單衣。居生不樂，
不如早去，下從地下黃泉。春氣動，草萌芽。三月蠶桑，六月收
瓜。將是瓜車，來到還家。瓜車反覆，助我者少，啗瓜者多。願
還我蒂，兄與嫂嚴，獨且急歸，當興較計。亂曰：里中一何譊
譊。願欲寄尺書，將與地下父母，兄嫂難與久居。

此為漢代詩歌，尚無定格可言，然卽因其無一定之格式，故其特
有之質樸自然，亦迥與後世有定格之五七言詩大異。以音律言，平仄
天成，不加斧鑿。用韻則首用『魚部』上聲韻以開其端，蓋魚部之韻，
其音抑鬱積悶，言『苦』最恰；繼用『脂部』韻，以言悲哀涕淚之痛，
所用『歸、菲、藜、悲、纍、衣』諸韻腳，以刻繪其悲傷哀痛，最能
狀其聲而況其情也。繼又轉用『歌部』韻，以稍稍洪大之音，轉化其
鬱結緊閉哀痛之情，使從緊迫中略顯舒喘，以『芽、瓜、車、家、
多』表其鬱塞暫伸之情，唯到『瓜車反覆，助我者少，啗瓜者多』之
『多』字一出，哀情復又歸於沉滯之鬱結，故以下又轉以『蒂、計』
脂部韻回復哀情，而終以末尾『書、居』魚部平聲韻之極端痛苦煞尾，

其韻語之轉入魚部作結，正如全詩結尾之言『願欲寄尺書，將與地下父母，兄嫂難與久居』，韻語入於絕望之音，言辭出以絕望之語，人世一切，顯示絕望之極，不得已而轉望一死以求解脫，非絕望至極，何至如此？

沈德潛氏批評此詩云：　『極瑣碎，極古奧，繼續無端，起落無跡。淚痕血點，結綴而成』，斯言碻矣。至其內容之深刻動人，見前文所錄原詩，一覽文詞，便卽感通共鳴，而音律之表現哀情，人或無緣留意，玆析之如前，其理易明，其情易感，蓋的然蘊於音韻間，而非隱秘之絕學也。

二、婦病行

　　婦病連年累歲，傳呼丈人前一言。當言未及得言，不知淚下一何翩翩。屬累君兩三孤子，莫我兒飢且寒。有過慎莫笪笞，行當折搖，思復念之。亂曰：抱時無衣，襦復無裏。閉門塞牖舍，孤兒到市。道逢親交，泣坐不能起。從乞求與孤兒買餌。對交啼泣，淚不可止。我欲不傷，悲不能已。探懷中錢持授，交入門，見孤兒啼索其母抱。徘徊空舍中，行復爾耳，棄置勿復道。

此詩與孤兒行之筆法相似，亦瑣碎、古奧之甚，歷來各本所見，卽句讀一事，便出入甚大，幸文字本身，尚無艱深難解之語，蓋亦純出自然，不尚典故之樸質漢詩也。

至其韻語，羅常培、周祖謨合著之『漢魏晉南北朝韻部演變研究』一書，以爲全詩轉四韻到底，首押『元部』韻中之『傳、言、言、翩、寒』五韻語；次轉『之部』平聲韻押『笞、之』二韻語；又次轉

『之部』上聲韻押『裡、市、起、餌、巳』五韻語；再次轉『幽宵』兩部合韻，押『交、抱、道』三韻語。今案自各本句讀觀之，首韻元部五韻語中之『傳』字不入韻，以辭義觀之，『傳』字亦不當一逗。末韻『幽宵合韻』中之三韻語，『交』字亦不入韻，此『交』即『道逢親交』之『交』，『交入門』謂『親交』於途中既見孤兒『泣不能起』，因尾隨孤兒之家，既入門又見室中之孤兒啼泣索母抱，因乃徘徊室中，不知如何是好。『行復』，且復也。『爾耳』，謂於徘徊之外，無可如何也。『棄置勿復道』，言心亂如麻，若亂絲之絕無端緒，不知如何疏理，意欲將心一橫，棄置不之理也，然又以親交之故，止於此念，實又不能袖手，故乃徘徊室中不知所措也。

　　首起之『元部』韻，收音於『庵』〔—an〕，蓋屬沉重哀痛之音，後世文辭中所沿用之『悽慘』、『更漏殘』、『闌珊』、『天寒』、『日晚』、『辛酸』、『心煩』、『影單』等詞，意皆如此，則文意之哀傷沉痛，不言可喻矣。次韻『之部』平聲韻，收音於『之、思』之尾音，為淒屬哀感絕望之音，後世文詞中所沿用之『哀思』、『無期』、『將焉之』、『淚痕滋』等皆以音況意，以意感人者也。又次轉入『之部』上聲韻，則除『之部』平聲原有之淒屬哀感之音外，又益以沉鬱不伸之情，則悽愴慘惻又進一層矣。最後步以『幽宵』合韻，蓋『幽部』之音寫深憂重愁，『宵部』之音況迢遙縹緲，其情於哀傷之外，兼以茫然不知所往之境，故其言云：『徘徊空舍中，行復爾耳．棄置勿復道』也。大凡情思哀感，俱皆層層逼蹙，蹙之既甚，不知如之何而可，乃於絕望之餘，已意已絲毫無力主宰，不得已而一切交由天命處置，即所謂『聽天由命』，其情反可由蹙迫而轉趨舒鬆，然其無可奈何，不知所以之際，亦即哀感絕望之至極之時也。文辭而能至於此，亦可謂臻至天成之妙境矣。

三、哀哀詞

　　哀哀復哀哀，哀哀至此極。孤兒與慈母，中路忽相失。恍惚須臾間，終日不復得。誰復坐我堂，誰復坐我室。誰復飲兒酒，誰復哺兒食。兒飢復誰念，兒寒復誰恤。耳不聞慈語，目不見慈色。譬如行路人，日遠如一日。行人猶可期，遠道猶可追。天窮地盡處，一日猶可歸。哀哀復哀哀，此去無盡時。誰言生離別，不如死別離。君不見，人已閉門鳥已棲，黃昏塚畔孤兒啼。

　　此詩爲宋代徐積所作，積字仲車，山陽人，三歲父歿，事母至孝。此詩蓋寫無父孤兒，平日以無父之故，已悽苦萬狀，惟母子相依而已。今忽中路死去，獨留老母一人，則孤苦之狀更甚矣。詞中所述歷歷，俱係爲兒設想之詞，鮮及於老母爲己身今後煢獨無依而悲嘆之語，哀人而忘己，此卽慈母之心也。積別有一詩名爲『誰何哭』，與此詩所指爲一事，相爲比照讀之，更顯示老母爲傷孤了之逝而哀絕之甚也，其詞云：『誰何哭？哀且危。白頭母，朱顏兒。兒忽捨母去，母何用生爲？架上有兒書，篋中有兒衣。兒聲不復聞，兒貌不復窺。誰何哭？哀復哀。腸未絕，心先摧。母恃兒爲命，兒去不復來。朝看他人兒，暮看他人子。一日一夜間，十生九復死。君不見，昨夜人靜黃昏時，含心抱痛無人知。其時忽不記兒死，倚門引頸望兒歸』。於此更可明示『哀哀詞』爲哀之甚矣。其詞首用『質』『職』合韻，以寫其悽愴慘惻之情，一轉而爲平聲『支、微、齊』合韻之『期、追、歸、時、離、棲、啼』以抒悽慘哀絕之思，凡哀絕人寰之詞用『質職』韻以洩其蹇滯慘惻，以『支微齊』韻以通其哀思，最能傳神達意，此蓋字音

本然如此，非勉強他韻可幾者也。至引用相與比觀之『誰何哭』詩，其用韻亦如之，首用『支微齊』合韻，中轉上聲『子、死』，末後又回復『支微齊』，上聲之沉滯哀感尤深，復以平聲哀音煞尾，亦顯示『支微齊』之適於表達哀思也。

四、大雪詞

　　城中斗米錢一百，雞豚塞巷木棉白。徵租下令雷霆急，老父賣兒街上立。老嫗關門掩面哭，多青樹倒壓破屋。

　　此為明末姜埂所作詩。埂字鐵夫，號銅柏，以布衣為清初公卿所重。所作『大雪詞』，以老父賣兒一事，烘托當時官府虐民之殘酷，言簡意賅，慘相畢現。兒既賣而成無恤之孤兒，父母老而無所依靠，再以『多青樹倒壓破屋』一景以襯現慘中之慘，所謂『民不聊生』者，此是矣。此詩逐句為韻，俱以入聲以述其急切迫促之慘狀。首二句用『陌』韻『百、白』，次二句承以『緝』韻之『急、立』，末二句以『屋』韻之『哭、屋』作結，『陌』韻以狀生活之逼人；『緝』韻以狀皇命之逼人；『屋』韻以寫淒慘無極之『哭』聲，此以韻寫情之真意如此也。

五、賣女詞

　　八歲小女兒，生長在茆屋。去年阿爺死，有母不能育。賣女錢十千，聊以繼饘粥。得卻手中錢，失卻心頭肉。女淚盈一把，母錢盈一匊。阿女淚未乾，阿母錢已足。

　　此為清代張雲璈所作，詩之所言，以父死而母無力養育子女，因乃強硬心腸，割賣其女，冀求饘粥之資，小女才八齡而喪父，且又為其母所賣，則其孤苦之情誠可憫也。此詩不言其賣後之慘狀，但言其賣時之哀情，蓋以賣後之孤女生涯，不言自可想見之故也。全詩以『屋』韻字相叶，『屋』韻之音宜作『哭』聲吟咏，且又急切哀絕，單以韻語而言，聞其音已覺哀感萬狀，至其縷述之慘狀則更無論矣。

六、鬻女行

　　貧婦提弱女，女年方六七。云是農家婦，丈夫患羸疾。家有汙邪田，秋霖不結實。翁姑共垂老，死生莫可必。四口相依倚，區區此女一。此女賣與人，願得布一疋。但求此女飽，遑恤及後日。布作翁姑裙，重重線縫密。此是兒孫身，仍令常在膝。

　　此為清代張孺所作，與前詩『賣女詞』意境同致。大凡母子生離，其哀不減死別，女既為其母所賣，則其日後之哀苦慘絕，思可知也。母非不愛女也，其力不能養，而勢不可留也。以哀傷特甚，無以自解，但言以此布為翁姑作裙，使之常在膝前，此裙非布所為，實乃以親骨肉所換取之血淚結晶物也，讀之令人泣下。語云：天道無私，常與善人，此農婦縱非至善，然知孝親守節循蹈規矩，天之報施又何如哉？世之所謂禍福云者，何其不平如斯乎？全詩以『質』韻字相叶，『質』韻古與『緝』韻相通，蓋皆迫蹙寸絕之音，讀之如『泣』聲，『泣』在『緝』而此以『質』為韻，意蓋用韻語之音以況其凄切之哀情也，哭之已哀，泣之尤甚，用心揣想，自可得其感通共鳴之致也。

七、賣子謠

　　百錢賣一兒，千錢賣一女。小者五六歲，大者三尺許。十十
五五沿堤來，彳彳亍亍黃塵霾。老姆謂兒女，賣汝實痛汝。懷中
一塊肉，棄作路旁土。老父謂兒女，賣汝乃愛汝。朱門酒肉臭，
但去無所苦。癡兒癡女不知別離難，從人略賣衣褲單。衣單單，
心悒悒。兒長為奴女為妾，灶前灶後背人泣。

　　此為清代李鑾宣所作詩，鑾宣字石農，靜樂人，乾隆進士，工於
詩，有『堅白石齋詩集』。此詩言賣子之內容，與前舉『大雪詞』、
『賣女詞』、『鬻女行』無分軒輊，大抵相仿。韻語則首用『語、麌』
合韻，於漢代古辭而言，即『魚部』韻也，前文『孤兒行』之析評，
曾論及『魚部』上聲之音，出語抑鬱積悶，狀『苦』最恰，此詩亦猶
是也。第五、六句忽轉『灰、佳』合韻，音雖哀苦，意似略舒，惟第
七句始又回轉為『語、麌』韻，則深沉之哀苦又如前矣。至『難、單』
兩韻語一出，　則轉以『寒』韻字相叶，　其音更哀傷沉痛，此於前文
『婦病行』言『元部』古韻時已論及『庵』〔an〕為沉哀之音矣。末三
句以『緝、葉』合韻，以表哀泣之情，其音之哀切感人則已在『鬻女行
』韻語中言之，此亦同理也。

八、孤兒行

　　孤兒早起行採薪，手皵足凍鼻酸辛。上山多狼虎，下山多惡
狗。孤兒了不畏，但畏家中兄與嫂。浩浩風雪，枯葉蕭騷，一束

不成悲且號。腹中飢餓身上單，雖有捶楚安得逃。但免腹中飢餓
身上單，雖有捶楚安得逃。

此爲淸代李化楠所作詩，內容與漢代樂府古辭中之『孤兒行』並
無二致，而簡略則又過之，惟所言孤兒之酸辛悲苦，仍復見於字裡行
間，故其辭可讀也。首用『眞』韻『薪、辛』二韻語以發其『酸辛』
之端；繼以『狗、嫂』二韻語，『狗』屬古韻『侯部』，『嫂』屬古
韻『幽部』，以『侯、幽』相通，視詩經、楚辭爲尤寬緩，用韻之漫
無疆界，似失粗疏，所幸此二部音於上古尙鄰近，勉可押得，然其所
擬之歌辭，以五言爲主幹，用韻則視兩漢爲尤古，亦甚不倫矣。『嫂』
字以下用『騷、號、逃、逃』四韻語，俱屬後世之『豪』韻，前於『
婦病行』中析論，嘗云古韻『宵』部之音以沉迢遙縹緲，於情則哀傷
之外，益有茫然不知如之何之痛，『豪』韻亦古之宵部音也，以音韻
表達此詩後一段情節，尙頗貼切，故此詩甚可讀也。

九、賣兒行

人生貧，愼勿賣兒，賣兒不若殺之。請告丈人，天寒無衣，
腹中苦饑，有兒安得不賣兒。人生貧，但當夫婦兒女同賣作他家
奴，愼勿賣兒，賣兒不若殺之。兒有過，主人當笞。兒無過，主
人當笞。兒早行出門，爲主人擔水，擔水歸，辦飯煮糜。又爲主
人網鹿豕與麋。兒日午爲主人牧羊牧牛，兒腹饑，主人不知。兒
離牛羊五步十步，主人知之。主人笞兒兒急呼，重復笞之。主人
笞兒，兒不敢啼。謂兒佯死，重復笞之。兒呼亦笞，兒不呼亦笞。
兒無大罪過，何用笞兒爲？兒頭無毛，臀無皮。臂如黃瓜，面如

青梨。兒是爺娘心頭肉，頭髮是爺娘心中絲。親爺見兒，淚下如綆絲。多謝丈人，人生貧，切勿賣兒，賣兒不若殺之。

　　此為清人費錫璜詩，錫璜字滋衡，精通古樂府歌詞，所作於蒼莽之中時有古音，史稱其人富感情，生性豪放不羈，嘗登之罘，投其詩於海中，痛哭而後還，有『掣鯨堂詩集』。此詩古樸有兩漢風，而狀被賣孤兒之苦，尤瑣細深刻，沈德潛謂漢孤兒行為『斷續無端，起落無跡，淚痕血點，結綴而成』，則以謂此詩，亦甚恰當。此詩用韻極自由，不論單句雙句，思用即用，而所用韻語中，同一字如『兒』『之』有重複至五、七次者，然不覺其煩瑣，但覺自然質實而已。句之長短以意之所適為度，不落刻板之五、七言，此蓋深通古樂府之巧藝使之然也。韻用『支、灰、齊』合韻，前文論漢孤兒行時嘗言：古韻『之部』為凄厲哀感絕望之音，此詩以『支、灰、齊』合韻出之，音色同於古『之部』韻，以狀被賣孤兒之慘絕感情，其恰當亦猶漢孤兒行然也。

十、來日當遠奔行

　　來日當遠奔，囑咐兒三兩言。兒生不辰，逢此大艱。今年奔命逃，懼兒不獲全。為兒作衣袋，緊著兒身邊。中有萊菔大豆牛肩。兒渴食萊菔，兒飢噉豆及牛肩。慎勿啼哭漣漣。哭於中野，阿母不得為兒憐。囑咐未及終，淚出如流泉。倉皇入山口，賊虜如風煙。鳥鳥一分飛，渺若天與淵。三覓終不得，痛哭大河邊，昨日囑咐兒言。舍置勿重宣。

　　此亦清代費錫璜所作詩，蓋描寫流賊過境，母子不得相保，因乃忍心棄兒，令其自求生路，母以子幼，故囑之再三如斯言。母子既分散，覓之不可得，日惟哀哭於大河邊岸而已。吾人設再想及其子流落郊野，煢獨一孤兒，則悽慘哀絕，非人世可堪者矣。全詩以『先』韻字爲韻語，前文論『婦病行』時，嘗言古『元部』韻之音，以其收音於『庵』〔—an〕，故其言爲沈重哀傷之音，『先』韻字卽古之『元部』也，故此詩讀之亦極哀感傷痛，此漢字以音況義之至理也，故選韻不可不愼。

十一、賣兒啼

　　風蕭蕭，兒無衣。雨飄飄，兒苦飢。無衣且飢，何以育兒？（一解）前月兒父死，晬買三寸棺。比鄰索棺價，剝啄詬門前。（二解）賣兒抵棺價，兒往生處樂。廝守娘何爲，冀免塡溝壑。（三解）南山有烏，母將其雛。啄粟飲水，俯仰自如。嗟我與兒，曾不若南山烏。（四解）送兒出門去，青山朝似暮。竚立且須臾，目斷山前路。（五解）兒亦不必啼，兒亦不必悲。兒如娘已沒，娘如未養兒。（六解）囊既無錢與米，那不爲奴與婢。但願兒入貴人家，好視小郎與女公子。（七解）兒去矣，莫號咷。娘入門，黯魂消。仍無衣，風蕭蕭。仍苦飢，雨飄飄。（八解）。

　　此爲清代黎恂所作詩，恂遵義人，字雪樓，晚號拙叟，能古今文，尤工詩，爲嘉慶時進士，有『蛉石軒詩文集』。此詩以『風蕭蕭』、『雨飄飄』起，復以『風蕭蕭』、『雨飄飄』結，於技巧而言，有刻意做作之嫌，故不免夫斧鑿之痕也。然終以黎氏名手，故仍敦厚樸實

有古樂府風。全詩註明『八解』，樂府以音樂之一節爲一解，此詩亦以『樂章』爲單位，可分之爲八解也。每解換押一韻，首押『支微』合韻，以狀凄然無所依之情；次押『元寒』合韻，以宣哀傷沈痛之意；再次押『藥』韻，以短截急蹙之音，使感情趨於緊束；再次押『魚虞』合韻，以凄苦之音宣洩沈鬱之情；再次押『御遇』合韻，使凄苦沈鬱之情更以去聲之短音收緊；再次又轉以『支微』合韻，使音韻由一歛而一鬆，以盡狀其悲啼哀哀之音。再次使此『支微』哀音轉爲上聲『紙尾』合韻，而使情感轉入沈潛深悲；末一轉而以『蕭肴豪』合韻以狀無可如何，迢遙縹緲、不知所措之哀情作結。此亦善用韻者也。

十二、孤兒行述翟氏乞者

　　孤兒沿街泣，跣足履霜行乞食。而瘦如鬼肢無股，勞君道旁爲酸楚。孤兒生，孤兒生命未爲劇苦。兒年似昔上弟時，爺提娘抱，不知凍飢。爺娘今棄我，阿弟早遭此禍。無柴無米，詎養我弟？嚴多雪漫漫，阿弟襖薄不耐寒。並我破裋，勿謂我被霜風膚裂不完。晨出望煙火，君子周給我乞不得，中心愴悲，欲之他，未知否可？願得吾弟腹果，願得吾弟溫飽長大。孤兒下去地下黃泉，見爺娘，我無過。

　　此爲清世包世臣所作詩也，世臣涇縣人，字愼伯（一作誠伯），號倦翁，嘉慶舉人。氏特長於書法，詩非其長也，亦頗有可觀者。此詩述兄弟二孤兒，以爹娘俱喪，故寒天行乞，苦又乞不得食，爲憫弟之故，竟忘己身飢寒，乃云：『願得吾弟腹果，願得吾弟溫飽長大，孤兒下去地下黃泉，見爺娘，我無過』，語極酸楚，蓋亦血淚凝成之

作也。　首以『職緝』合韻之『泣、食』二韻語以開其泣聲；次繼以
『股、楚、苦』三『語麌』合韻之韻語以擬其酸楚痛苦之音；再次以
『支微』合韻之『時、飢』二韻語以述哀傷之思；再次以『哿馬』
合韻之『我、禍』洪音稍舒其喘；再次又繼以『薺』韻『米、弟』二
韻語之深沈抑鬱而寫其無盡悲戚之哀音；再繼之而以『寒』韻『漫、
寒、完』三韻語以宣洩哀感辛酸之慘遇；　末以『哿』韻之『可、
果』及去聲『箇』韻之『大、過』以爲總結慘惻之苦況。前文嘗云古
『歌部』韻之音稍洪，故氣亦稍舒，寫懵惻悽切不易得體，唯此詩末
後爲一『設想遂願』之辭，設其弟能得果腹，能得溫飽而長大，則無
慮於地下父母之責怪矣。旣作是想，氣乃一舒，是用『哿』『箇』二
韻字亦非不貼切也。

十三、傅谿孤子行追挽徐鏡如處士

　　傅谿水，濺濺流，谿上羣兒遊。誰者兩稚子，登臺攀樹枝，
太息夷猶。太息維何？他人有父有母，我兄弟亦人，命運獨罹愁
苦。歸睞吾祖母，頭白身羸，前來挈孤。思欲存此二孤，貧家尙
有機杼。山月在簷夜織縑，鷄鳴天曙起織素。縑素各成匹，里姥
購去，孤兒食粟，孤兒衣布。孤兒稍稍成人，堂堂齒耄矣，不能
苦辛。呼弟行買，東適江淮，南適越與閩。蕪陰春暮楡綠，日晚
楡上老鴉啼，遊子心腸斷。負米返故山，雲深路不明。入里詢祖
母，鄉里指丘壠。長跪丘壠前，我非祖母何繇生，蒼穹廣大恩難
名。恩不報，作人何爲。呼天號泣，涕下霑衣。不如早就下泉，
題書與弟，好視吾一雙黃口兒女，一慟便去下泉。噫歔欷，去不
歸，祖母孫子長依依。

此爲清代吳嘉紀所作詩，嘉紀泰州人，字賓吳，號野人、陋軒、布衣。居安豐場，苦吟海濱，人無知之者，時有周亮工者，見其人，讀其詩，盛稱之，因乃出名。此詩古奧過甚，瑣碎亦過甚，讀之誠令人有斷續無端、起落無跡之感。所述祖母鞠養孤兒，含辛茹苦，使之成人，不幸因遠適他鄉行買，歸而不見祖母，因乃抛棄黃口小兒，留書囑弟好視之，已則痛絕坟塋，長依祖母。事果感人之至，惜全詩古奧之甚，讀之反增齟齬，卽用韻而言，亦頗難捉摸。如以兩漢韻例觀之，首用者爲『幽部』韻，計有『流、遊、猶』三韻語，『幽部』蓋以之抒寫憂思也；次用『魚部』韻，計有『母、苦、孤、杼、素、去』六韻語，蓋以之寫沈痛苦楚之情也；再次用『眞文元』合韻，計有『人、辛、聞、斷』四韻語，蓋以之寫行買酸辛、遠離祖母而哀傷之意也；再次用『耕部』韻，計用『明、塋、生、名』四韻語，蓋抒其耿耿在懷、思念祖母之深情也；末以『歌脂微』合韻，計有『爲、衣、弟、狨、歸、依』六韻語，蓋抒寫其悽慘悲痛、誓不欲生之哀情也。以其韻之平仄混用，古今雜出而言，雖以古韻分部之音域例之，其寬緩之尺度且甚於古樂府，則吳氏或未嘗斤斤於用韻，但求其自然，而不加斧鑿耳。

十四、苜蓿頭

苜蓿頭，斜陽低。苜蓿頭，腹中飢。我呼苜蓿來，其人面目如黑煤。身有敝袖脚無鞋，是男是女相疑猜。試問何太苦，不覺淚如雨。自言今年已十五，去年喪父兼喪母。千錢賣作童養婦，阿姑畜之如畜狗。秋天日斫柴一航，多天日拾糞一筐。春來苜蓿可作茱，掘之使到城中賣。每日須賣二百錢，歸家許食萊菔虀。

錢多不加一勺饘，但缺一錢與一鞭。此茶一斤四錢耳，賣五十斤
方稱是。力小還須去復來，出城入城二十里。昨日缺錢晚未食，
今日強行更無力。茶葉行已枯，一錢仍未得。我呼家人卽賜飯，
叩首當階呼不願。願人盡買茶青青，但不受鞭餓何怨。餓何怨，
鞭不支，且進飯，休涕洟。汝言未終我心碎，復與百錢喟而退。
吁嗟乎，童養婦，前生讐。童養婦，終年囚。童養婦，水中沤。
童養婦，火中投。君不見，苦宿頭。君不聞，苦宿頭。

　　此爲清代金和所作詩也。此時雖有樂府風，然受五、七言古詩之
影響，痕跡甚爲顯明。所述爲一童養婦之苦情，以其父母皆喪，賣身
受養於他人，故其身份爲『孤兒』，兼因阿姑待之刻薄過甚，故其身
世生活之苦，乃爲詩人所同情也。首用『微齊』合韻，以『低、飢』
二韻語首抒淒然之情；繼用『佳灰』合韻，以『來、煤、鞋、猜』四
韻語續道其哀緒；再次以漢世『幽魚』合韻之方式，用『苦、雨、
五、母、婦、狗』六韻語以表其苦楚憂傷之哀情；其下轉『陽』韻，
以『航、筐』二韻語一舒其氣；再次又轉入『卦隊』合韻，而以
『茶、賣』二韻以抒其哀音；再次轉入『先』韻，而以『錢、饘、饘、
鞭』道其辛酸慘然之苦況；再次又轉『紙』韻，而以『耳、是、里』
三韻語以寫其沈鬱抑滯之悲思；再次則轉入『職』韻，而以『食、
力、得』三韻語以寫惝惻抑蹙之悲感；再次又轉『願』韻，而以『
飯、願、怨』三韻語重抒其悲怨之思；旣傷悲之甚矣，乃更轉入『支』
韻，以『支、洟』二韻語以寫其涕洟悽慘之傷痛；旣傷痛之極矣，乃
更轉爲『隊』韻，而以『碎、退』二韻語以洩其傷極心碎之苦情；最
末乃以『尤』韻『讐、囚、沤、投、頭、頭』六韻語，抒寫作者以旁
觀者之心情，所發傷感同情之憂思。以全詩用韻轉換過多之故，令人

有雜亂無緒之感，然亦惟韻之任意轉換，乃詞語不受韻語之絲毫約束拘制，故讀之頗有自由無羈之感。

十五、孤兒行

　　孤兒躑躅行，低頭屏息，不敢揚聲。阿叔坐堂上，叔母臉厲秋錚錚。阿叔不念兄，叔母不念嫂。不記嫂嫂病危篤，枕上叩頭，孤兒幼小。立喚孤兒跪，牀前拜倒。拭淚諾諾，孤兒是保。嬌兒坐堂上，孤兒走堂下。嬌兒食粱肉，孤兒兢兢捧盤盂，恐傾跌，受笞罵。朝出汲水，暮莝芻養馬。莝芻傷指，血流瀉瀉。孤兒不敢言痛，阿叔不願視，但嘗死去兄嫂生此無能者。嬌兒着紫裘，孤兒着破衣。嬌兒騎馬去，孤兒倚門扉。舉頭望望，掩淚來歸。晝食廚下，夜臥薪草房。豪奴麗僕，食餘棄骨，孤兒拾齧並遺臛羹湯。食罷滌盤浴釜，諸奴樹下臥涼。老僕不分涕泣罵諸奴，骨輕肉重，乃敢凌幼主，高賤軀。阿叔阿姆聞知，閉房悄坐，氣不得蘇，終然不念煢煢孤。老僕携紙錢，出哭孤兒父母，頭觸坟樹，淚滴坟土。當初一塊肉，羅綺包裹，今日受煎苦。墓樹蕭蕭，夕陽黃瘦，西風夜雨。

　　此清代鄭燮所作詩也。燮字克柔，號板橋，興化人也。為人疏宕灑脫，然天性純厚，於此詩可見之也。氏長於詩詞，工於書畫，有清之一大家也。此詩首押『庚』韻之『行、聲、錚』三韻語，以開其驚心哀鳴之聲；次繼用『篠、皓』合韻之『嫂、小、倒、保』四韻語，以續其縹緲無極之哀思；再次用『馬禡』二韻之『下、罵、馬、瀉、者』五韻語以寫處下受罵、生如牛馬之苦況；再次用『微』韻之『衣

扉、歸』三韻語以述其悽悽哀傷之悲思；　再次用『陽』韻之『房、
湯、涼』三韻語以寫其悲涼無依之哀音；　再次用『虞』韻之『奴、
軀、蘇、孤』四韵語以抒其深痛疾苦之酸楚哀情；最後將此苦楚深哀
之音又更逼進一層，而轉『虞』韻音為上聲『麌』韻，以『土、苦、
雨』三韻語作收尾，此蓋苦之至而哀之極，故以『墓樹蕭蕭，夕陽黃
瘦，西風夜雨』作結也。

十六、後孤兒行

　　十歲喪父，十六喪母。孤兒有婦翁，珠玉金錢付其手。蒲葦
繫盤石，可以卒長久。縱不愛他人兒，寧不為阿女守。丈丈翁，得
錢歸。鼠心狼肺，側目吞肥。千謀萬算伏危機。姥曰不可，翁曰
不然。令孤兒汲水大江邊。失足落江水，鄰救得活全。丈丈聞知
復活，不謝鄰舍，中心恨然。朝不與食，暮不與棲止。孤兒蕩蕩
無倚。乞求餐飯，旬日不返，外父外母不問，曷論生死。夜宿野
廟，荒葦茫茫。聞人笑語，漸見燈光。綠林君子，勒令把火隨行，
孤兒不敢不聽從強梁。事發賊得，累及孤兒。賊曰怨，故官亦廉
知。丈丈辣心毒手，悉力買告，令誣涅與賊同歸。西日慘慘，羣
盜就戮。顧此孤兒，肌如瑩玉。不恨已死，痛孤冤毒。行刑人，
淚相續。

　　此亦清代鄭板橋詩也。前詩言叔嬸不憐孤兒，待之不如僮僕，甚
且任由僮僕欺之，惟老僕見之不忍，哭於孤兒父母墓前，但見墓樹蕭
蕭，西風夜雨而已。此詩則言別一孤兒，父母早死，以珠玉金錢纍纍，
重託孤兒之岳家翁。詎知岳家丈吞沒其珠玉錢財，顯現其鼠心狼肺，

強令孤兒汲水大江，不愼失足落水，鄰人救之，岳家翁不惟不謝鄰人，甚且怪之，朝不與孤兒食，夜不予孤兒樓，孤兒流落荒野，途遇綠林賊，勒令把火同行，以肆其盜竊之行，事發孤兒受牽累，岳家翁不獨不營救之，反更悉力買告以誣認孤兒，孤兒受害，遭判極刑，雖盜賊之兇殘，猶且同情謂其冤屈，官亦深知其屈，奈何人證物證，含冤莫白，致使行刑人亦淚瀉不止。此又一境況之孤兒也，嗚呼！孤兒何其多邪？此詩首用『有』韻，以『母、手、久、守』四韻語而開其深憂重愁之端；次用『微』韻，以『歸、肥、機』三韻語而繼述其哀苦之情；再次用『先』韻，以『然、邊、全、然』縷述其辛酸之慘境；再次用『止』韻，以『止、倚、死』三韻語而道其瀕死無依之慘痛；再次用『陽』韻，以『茫、光、行、梁』四韻語一轉，哀楚之中，因韻語音色之一變，情境似略現一線曙光，無奈『不敢不聽強梁』一言之轉，情境陡又轉入絕望之深淵；其後繼以『支微』合韻，自『兒、知、歸』三韻語一出，則哀情加重，哀不可以已矣；末以『屋沃』合韻，出『戮、玉、毒、續』四韻語以結其哀音，亦結束其生命也。凡此慘絕人寰之苦情，每每可於韻語中見之，前詩如此，此詩亦如之。此卽韻語傳情之實況也。

結　語

宋代沈括『夢溪筆談』卷十四云：

王聖美治字學，演其義爲右文。古之字書，皆從右文。凡字，其類在左，其義在右。如木類，其左皆從木。所謂右文，如戔，小也。水之小者曰淺；金之小者曰錢；歹而小者曰殘；貝之小者

曰賤。如此之類皆以戔爲義也。

此蓋言形聲字之諧聲偏旁棄有義可說也。至清世大儒段玉裁注說文時，更提出『聲』與『義』之相關條例，其說之一爲『聲義同源說』，段氏於說文解字注十三篇下土部『坤』字下注云：『故文字之始作也，有義而後有音，有音而後有形，音必先乎形。』又在一篇上示部『禎』字下注云：『聲與義同源，故諧聲之偏旁，多與字義相近，此會意、形聲兩棄之字致多也。』其說之二爲『凡字之義，必得之於字之聲』，段氏於說文十四篇上金部『鏓』字下注云：『鹵者多孔，蔥者空中，聰者耳順，義皆相類，凡字之義必得諸字之聲者如此。』此則與王聖美之說合矣。段氏說之三爲『凡從某聲之字，皆有某意』，說文十一篇下魚部『鰕』字下段注云：『凡叚聲如瑕、鰕、騢等皆有赤色，古亦用鰕爲雲根字』。又四篇上羽部『翎』字下段注云：『凡從句者皆訓曲』。其例則如『句，曲也』；『跔，天寒足跔也』；『拘，拘拘不伸也』；『笱，曲竹，捕魚具也』，『鉤，曲鉤也』。以漢字之發展歷史爲『先有義而後有音，有音而後有形』故字音均棄意義，音與義既出一源，故爲文作詩，往往可從字音中得其意義，前文所錄十六首古詩，其情節思想固皆可從其文字之連綴中得之，然欲進一層而得其更深刻之苦情哀思，則其所用韻語之音不可忽視者也。有感於此，因作十六古詩韻語之析評如前，當與不當，則有待於博雅君子之指正矣。

一九七六年六月二日於星洲雲南園

滄海叢刊書目

書名	作者
現代藝術哲學	孫旗譯
現代美學及其他	趙天儀著
中國現代化的哲學省思	成中英著
不以規矩不能成方圓	劉君燦著
恕道與大同	張起鈞著
現代存在思想家	項退結編著
中國思想通俗講話	錢穆著
中國哲學史話	吳怡、張起鈞著
中國百位哲學家	黎建球著
中國人的路	項退結著
中國哲學之路	項退結著
中國人性論	臺大哲學系主編
中國管理哲學	曾仕強著
孔子學說探微	林義正著
心學的現代詮釋	姜允明著
中庸誠的哲學	吳怡著
中庸形上思想	高柏園著
儒學的常與變	蔡仁厚著
智慧的老子	張起鈞著
老子的哲學	王邦雄著
逍遙的莊子	吳怡著
莊子新注（內篇）	陳冠學著
莊子的生命哲學	葉海煙著
墨家的哲學方法	鐘友聯著
韓非子析論	謝雲飛著
韓非子的哲學	王邦雄著
法家哲學	姚蒸民著
中國法家哲學	王讚源著
二程學管見	張永儁著
王陽明——中國十六世紀的唯心主義哲學家	張君勱原著、江日新中譯
王船山人性史哲學之研究	林安梧著
西洋百位哲學家	鄔昆如著
西洋哲學十二講	鄔昆如著
希臘哲學趣談	鄔昆如著
近代哲學趣談	鄔昆如榮著
現代哲學述評㈠	傅佩榮編譯

中華文化十二講　　　　　　　　　　　錢穆　著

民族與文化　　　　　　　　　　　　　錢穆　著

楚文化研究　　　　　　　　　　　　　文崇一　著

中國古文化　　　　　　　　　　　　　文崇一　著

社會、文化和知識分子　　　　　　　　葉啟政　著

儒學傳統與文化創新　　　　　　　　　黃俊傑　著

歷史轉捩點上的反思　　　　　　　　　韋政通　著

中國人的價值觀　　　　　　　　　　　文崇一　著

紅樓夢與中國舊家庭　　　　　　　　　薩孟武　著

社會學與中國研究　　　　　　　　　　蔡文輝　著

比較社會學　　　　　　　　　　　　　蔡文輝　著

我國社會的變遷與發展　　　　　　　　朱岑樓　主編

三十年來我國人文社會科學之回顧與展望　賴澤涵　主編

社會學的滋味　　　　　　　　　　　　蕭新煌　著

臺灣的社區權力結構　　　　　　　　　文崇一　著

臺灣居民的休閒生活　　　　　　　　　文崇一　著

臺灣的工業化與社會變遷　　　　　　　文崇一　著

臺灣社會的變遷與秩序(政治篇)(社會文化篇)　文崇一　著

臺灣的社會發展　　　　　　　　　　　席汝楫　著

透視大陸　　　　　　　政治大學新聞研究所　主編

海峽兩岸社會之比較　　　　　　　　　蔡文輝　著

印度文化十八篇　　　　　　　　　　　糜文開　著

美國的公民教育　　　　　　　　　　　陳光輝　譯著

美國社會與美國華僑　　　　　　　　　蔡文輝　著

文化與教育　　　　　　　　　　　　　錢穆　著

開放社會的教育　　　　　　　　　　　葉學志　著

經營力的時代　　　　　　青野豐作著、白龍芽貴　譯

大眾傳播的挑戰　　　　　　　　　　　石永貴　著

傳播研究補白　　　　　　　　　　　　彭家發　著

「時代」的經驗　　　　　　　　汪琪、彭家發　著

書法心理學　　　　　　　　　　　　　高尚仁　著

史地類

古史地理論叢　　　　　　　　　　　　錢穆　著

歷史與文化論叢　　　　　　　　　　　錢穆　著

中國史學發微　　　　　　　　　　　　錢穆　著

中國歷史研究法　　　　　　　　　　　錢穆　著

中國歷史精神　　　　　　　　　　　　錢穆　著

書名	作者	
中國聲韻學	潘重規、陳紹棠	著
訓詁通論	吳孟復	著
翻譯新語	黃文範	著
詩經研讀指導	裴普賢	著
陶淵明評論	李辰冬	著
鍾嶸詩歌美學	羅立乾	著
杜甫作品繫年	李辰冬	著
杜詩品評	楊慧傑	著
詩中的李白	楊慧傑	著
司空圖新論	王潤華	著
詩情與幽境——唐代文人的園林生活	侯迺慧	著
唐宋詩詞選——詩選之部	巴壺天	編著
唐宋詩詞選——詞選之部	巴壺天	編著
四說論叢	羅盤	著
紅樓夢與中華文化	周汝昌	著
中國文學論叢	錢穆	著
品詩吟詩	邱燮友	著
談詩錄	方祖燊	著
情趣詩話	楊光治	著
歌鼓湘靈——楚詩詞藝術欣賞	李元洛	著
中國文學鑑賞舉隅	黃慶萱、許家鸞	著
中國文學縱橫論	黃維樑	著
蘇忍尼辛選集	劉安雲	譯
1984	GEORGE ORWELL原著、劉紹銘	譯
文學原理	趙滋蕃	著
文學欣賞的靈魂	劉述先	著
小說創作論	羅盤	著
借鏡與類比	何冠驥	著
鏡花水月	陳國球	著
文學因緣	鄭樹森	著
中西文學關係研究	王潤華	著
從比較神話到文學	古添洪、陳慧樺	主編
神話即文學	陳炳良	等譯
現代散文新風貌	楊昌年	著
現代散文欣賞	鄭明娳	著
世界短篇文學名著欣賞	蕭傳文	著
細讀現代小說	張素貞	著